AF402754

Cuento de un Tonel

Por

Jonathan Swift

Copyright del texto © 2023 Culturea ediciones
Sitio web : http://culturea.fr
Impresión: BOD - Books on Demand (Norderstedt, Alemania)
Correo electrónico : infos@culturea.fr
ISBN :9791041937363
Depósito legal : abril 2023
Queda prohibido reproducir parte alguna de esta publicación,
en cualquier forma material, sin el premiso por escrito
de los dos titulares del copyright.

Del Prólogo

Al ser hoy en día los hombres de ingenio tan numerosos y penetrantes, parece que los jerarcas de la Iglesia y el Estado empiezan a ser víctimas de horribles aprensiones, no sea que esos caballeros, durante los largos intervalos de paz, dediquen su ocio a horadar los puntos flacos de la religión y del gobierno. Para prevenir lo cual, últimamente se ha dedicado mucho tiempo a pensar en proyectos que quiten fuerza y agudeza a esos formidables indagadores para que dejen de escudriñar y de discurrir acerca de asuntos tan delicados. Finalmente han escogido uno que requerirá cierto tiempo y cierto coste perfeccionar. Entretanto, al crecer el peligro cada hora que pasa, debido a nuevas hornadas de ingeniosos, todos ellos provistos (como es razonable temer) de pluma, tinta y papel, que podrían convertirse, con una hora de aviso, en panfletos y otras armas ofensivas listas para su inmediata ejecución, se juzgó de absoluta necesidad pensar en algún remedio inmediato hasta que el proyecto principal se llevase a su madurez. A este respecto, cierto observador curioso y refinado, en una gran comisión de hace unos días, hizo este importante descubrimiento: que los marineros tienen la costumbre, cuando encuentran una ballena, de echarle un tonel vacío a modo de entretenimiento, para distraerla y evitar que se comporte con violencia contra el barco. Esta parábola fue inmediatamente mitificada; se interpretó que la ballena era el Leviatán de Hobbes, que agita y juega con todos los esquemas de la religión y del gobierno, siendo muchos de ellos huecos, secos, vacíos y ruidosos, además de rígidos y propensos a la rotación: ese es el leviatán, del que los temibles ingenios de nuestro tiempo se dice que toman prestadas sus armas. La nave en peligro se comprende fácilmente que se trata de su vieja antagonista, la comunidad. Pero cómo interpretar lo del tonel era un asunto difícil; después de larga indagación y debate, se mantuvo el significado literal y se decretó que, para evitar que esos leviatanes revolviesen y jugasen con la comunidad, que de por sí es más que propensa a la oscilación, se les distrajese de ese juego mediante el Cuento de un tonel. Y considerando que mi genio está felizmente dotado a ese respecto, tuve el honor de que se me concediera ocuparme de tal empeño.

Sección I. La introducción

Todo el que aspire a ser oído entre la muchedumbre tiene que apretar, estrujar, empujar y trepar, con tremendo esfuerzo, hasta lograr alzarse a sí mismo hasta un cierto grado de altura sobre los demás. Ahora bien, en todas las asambleas, por apretadas que estén, podemos observar esta peculiar propiedad: que sobre sus cabezas hay espacio más que suficiente, pero que lo difícil es cómo alcanzarlo, al ser tan arduo conseguir librarse de la multitud como del infierno.

—evadere ad auras,

Hoc opus, hic labor est.

Con este fin, el método del filósofo, en todas las épocas, ha consistido en levantar ciertos edificios en el aire: pero, sea cual sea la práctica y la reputación que hayan tenido o puedan seguir teniendo ese tipo de estructuras anteriormente, sin exceptuar ni siquiera la de Sócrates, cuando fue suspendido en un cesto para facilitarle la contemplación, creo, humildemente, que las mismas parecen ofrecer dos inconvenientes. El primero, que al haberse colocado sus fundamentos a demasiada altura, quedan a menudo fuera de la vista, y siempre fuera del alcance del oído. El segundo, que sus materiales, al ser un tanto provisorios, han sufrido mucho las inclemencias del tiempo, en especial en estas regiones del noroeste.

Por lo tanto, para llegar al debido cumplimiento de esa gran tarea, solo acierto a pensar en tres métodos; aquellos donde la sabiduría de nuestros ancestros, que era altamente sensible en alentar a los aventureros, ha creído oportuno erigir tres artefactos de madera para uso de aquellos oradores que deseen hablar mucho sin interrupción. Estos son el púlpito, la escala y el escenario itinerante. Ya que a la barra, aunque haya sido compuesta por el mismo material, y designada para el mismo uso, sin embargo no se le puede conceder el honor de ser el cuarto, por razón de su nivel o situación inferior, que la exponen a la perpetua interrupción de colaterales. Ni puede tampoco el simple banco, ni siquiera elevado a cierta prominencia, optar a una mejor consideración, por mucho que sus defensores insistan en ello. Pues si se dignan contemplar el diseño original de su construcción y las circunstancias o accesorios sometidos a su diseño, pronto reconocerán que su práctica actual se corresponde exactamente con su primitiva institución, y que tanto por responder a la etimología del nombre que en lengua fenicia es una palabra de gran significación que expresa, si es interpretada literalmente, el lugar en el que se duerme, como en su común aceptación, o sea un asiento bien reforzado y acolchado para el reposo de miembros viejos y gotosos: senes ut in otia tuta recedant. Y es que la Fortuna les debía esa revancha parcial, puesto que, al igual que anteriormente ellos hablaron largo y tendido mientras otros dormían, ahora pueden dormir largo y tendido mientras otros hablan.

Pero si no hay otro argumento que esgrimir para excluir al banco y a la barra de la lista de artefactos oratorios, sería suficiente el que su admisión acabaría con un número, que yo estaba dispuesto a establecer a cualquier coste, en imitación de aquel prudente método observado por muchos otros filósofos y grandes entendidos, cuya mayor perspicacia fue la de tomarle cariño a algún adecuado número místico que su imaginación había convertido en sagrado, hasta el punto de forzar a la común razón a encontrarle un espacio en cada rincón de la naturaleza, reduciendo, incluyendo y ajustando todo género y especie dentro de tal dimensión, acoplando a unos en contra de sus voluntades y apartando a otros a toda costa. Ahora bien, de entre todos, el profundo número tres es el que más ha ocupado mis más sublimes especulaciones, y nunca sin maravilloso deleite. Hay ahora en prensa, y se publicará en breve, un ensayo panegírico mío sobre ese número, en el que, con las pruebas más convincentes, he incluido no solo los sentidos y los elementos bajo su estandarte, sino además capturado a varios desertores de sus dos grandes rivales, el siete y el nueve, los dos climatéricos.

Pues bien, el primero de esos artefactos oratorios, tanto por su lugar como por su dignidad, es el púlpito. De púlpitos hay en esta isla varios tipos, pero yo solo tengo en consideración los que están hechos con madera de Sylva Caledonia, que van muy bien con nuestro clima. Si dejamos aparte que puede pudrirse, es mejor para la transmisión de sonido, además de otras razones que serán mencionadas dentro de un rato. Su grado de perfección, en cuanto a forma y tamaño, considero que consiste en que sea muy estrecho, con poca ornamentación; y, lo mejor de todo, sin cubierta (pues, por una antigua regla, debe ser el único recipiente descubierto de toda asamblea en la que se utilice legítimamente), por lo que, con su gran semejanza con una picota, ejercerá siempre una poderosa influencia sobre los oídos humanos.

De escalas no necesito decir nada: incluso los extranjeros han observado, para honor de nuestro país, que superamos a todas las naciones en nuestra práctica y conocimiento de ese artefacto. Los oradores ascendentes no solo complacen a su audiencia con su grata disertación, sino al mundo entero con la pronta publicación de sus discursos, que yo considero como lo más selecto de nuestra elocuencia británica, y de los que se me ha informado que ese respetable ciudadano y librero que es el señor John Dunton ha hecho una fiel y trabajada recopilación, que tiene la intención de publicar en breve, en doce volúmenes en folio, ilustrada con planchas de cobre. Una obra sumamente útil y curiosa, y del todo digna de tales manos.

El tercer y último artefacto para oradores es el escenario itinerante, construido con gran sagacidad, sub Jove pluvio, in triviis et quadriviis. Es el gran semillero para los dos anteriores, y sus oradores son unas veces promovidos al primero y otras veces a la segunda, en función de sus merecimientos, al darse una estricta y permanente relación entre los tres.

De este riguroso razonamiento resulta manifiesto que para obtener la atención en público resulta imprescindible ocupar un lugar más elevado. Pero, aunque este punto se dé generalmente por supuesto, no hay siempre acuerdo acerca de la causa; y me parece que muy pocos filósofos han dado con la verdadera y natural solución de este fenómeno. La más penetrante explicación, y la mejor fundada de todas con las que finalmente me he encontrado, es esta: que siendo el aire un cuerpo pesado, y por lo tanto, de acuerdo con Epicuro, continuamente descendente, tiene que serlo aún más cuando está cargado y aplastado por las palabras, que son también cuerpos de mucho peso y gravedad, como es patente por las profundas impresiones que nos hacen y que dejan sobre nosotros; y que por lo tanto deben ser dichas desde una conveniente altura, pues de lo contrario ni serán atinadas ni caerán con la fuerza suficiente.

Corpoream quoque enim vocem constare fatendum est,

Et sonitum, quoniam possunt impellere sensus.

Y soy el primero en estar a favor de esa conjetura, partiendo de una observación común: que en las diversas asambleas en las que están esos oradores la naturaleza misma ha instruido a los oyentes a mantenerse de pie con sus bocas abiertas, y paralelas al horizonte, de modo que se establezca una intersección con una línea perpendicular desde el cenit hasta el centro de la Tierra. En tal posición, si la audiencia está bien compactada, cada cual se lleva una parte a su casa, y se pierde poco o nada.

Confieso que, en el montaje y estructura de nuestros modernos teatros, hay algo aún más refinado. Pues, en primer lugar, el foso queda hundido con respecto al escenario, por la debida consideración a la institución arriba referida, de manera que cualquier materia pesada que se suelte desde allí, ya se trate de plomo o de oro, pueda desplomarse sobre las mandíbulas de ciertos críticos, como creo que se les llama, que están siempre listas para abrirse y devorarla. Además, los palcos están dispuestos alrededor, y situados al nivel del escenario, por deferencia hacia las damas, porque ese amplio despliegue de ingenio, dedicado a suscitar salacidades y protuberancias, se ha comprobado que discurre siguiendo una línea, y siempre en círculo. Las pasiones quejumbrosas y las vanidades superfluas, dada su extrema levedad, quedan flotando ingrávidas por la región intermedia, y allí se inmovilizan y congelan por el frígido entendimiento de sus habitantes. La grandilocuencia y la bufonada, por naturaleza altivas y livianas, planean por encima de todo, y se perderían por el tejado si el prudente arquitecto no hubiera, con gran previsión, ideado para ellas un cuarto lugar, llamado la galería de los doce peniques, donde está instalada una adecuada colonia que ávidamente las intercepta a su paso.

Ahora bien, este esquema físico-lógico de receptáculos o de artefactos oratorios contiene un gran misterio, al tratarse de un tipo, un signo, un emblema, una sombra, un símbolo, que guarda analogía con la extensa comunidad de los escritores y con los métodos de los que se valen para exaltarse a sí mismos sobre el bajo mundo. Mediante el púlpito son esbozados los escritos de nuestros modernos santos en Gran Bretaña, ya que ellos los han espiritualizado y refinado, fuera de la porquería y la ordinariez propios del sentido y la razón humanas. El material, como hemos dicho, es de madera carcomida, y ello debido a dos consideraciones: porque es una cualidad de semejante madera podrida la de dar luz en la oscuridad y, en segundo lugar, porque sus cavidades están llenas de gusanos; lo que nos da un modelo con un par de atributos, al tener muy en cuenta las dos principales cualidades del orador y los dos diferentes destinos que esperan a sus obras.

La escala es un adecuado símbolo de la camarilla y de la poesía, a las cuales debe su fama un ilustre número de autores. De las camarillas porque...

_______Interrupción en el manuscrito_______

De la poesía porque sus oradores peroran cantando, y porque al ascender tan lentamente, es seguro que el destino los rechace muchos peldaños antes de la cima, además de ser un ascenso que se alcanza por transferencia de propiedad y por confusión entre meum y tuum.

Bajo el escenario itinerante se fraguan aquellas producciones destinadas al placer y al deleite de los mortales, tales como Seis peniques de ingenio, Donosuras de Westminster, Cuentos encantadores, Los perfectos bufones y cosas así, por medio de los cuales los escritores de, y para, Grub Street con tanta nobleza han triunfado sobre el Tiempo últimamente, cortándole las alas, recortándole las uñas, limándole los dientes, retrasándole el reloj de arena, mellándole la guadaña y sacándole los clavos de las botas. Es en esa categoría donde me he atrevido a incorporar mi presente tratado, puesto que acabo de recibir el honor de ser admitido como miembro de esa ilustre hermandad.

Ahora bien, no ignoro hasta qué punto las producciones de la hermandad de Grub Street han sido presa de muchos prejuicios en los últimos años, ni tampoco el permanente interés de dos jóvenes sociedades incipientes por ridiculizar esas obras y a sus autores, como indignos del lugar que ocupan en la comunidad del ingenio y el conocimiento. Su propia conciencia les dirá fácilmente a quiénes me refiero, y tampoco ha sido el mundo un espectador tan descuidado como para no observar los continuos esfuerzos de las sociedades de Gresham y de Will's por edificar un nombre y una reputación sobre las ruinas de la nuestra. Y es un sentimiento que resulta aún más triste para nosotros, por lo que respecta a los afectos tanto como a la justicia, cuando observamos que sus procedimientos no solo son injustos, sino también ingratos, irresponsables y antinaturales. Pues ¿cómo se puede olvidar el mundo o ellos mismos, por no hablar de nuestros propios archivos, que en este aspecto son completos y claros, de que ambas son semilleros no solo plantados sino también regados por nosotros?

Se me ha dicho que nuestros dos rivales han hecho recientemente un intento de alistarse uniendo sus fuerzas para desafiarnos a comparar nuestros libros, tanto en el peso como en el número. Como respuesta, con la venia de nuestro presidente, les ofrezco humildemente dos respuestas: la primera, que la proposición es como la que hizo Arquímedes en un asunto menor, y que implicaba una imposibilidad en la práctica, pues ¿dónde encontrarían balanzas de capacidad suficiente para lo primero, o a aritméticos de capacidad suficiente para lo segundo? Y en segundo lugar, estamos dispuestos a aceptar el desafío, pero con esta condición: la de que se designe una tercera persona neutral, a cuyo imparcial juicio se deje decidir en qué sociedad encaja con más propiedad cada libro, tratado o panfleto. Sabe Dios que este punto está muy lejos de poder dilucidarse ahora, pues estamos listos para producir un catálogo de varios miles, que en justicia deberían ser adjudicados a nuestra hermandad, pero que los escritores rebeldes y de moda adjudican a los otros de la manera más pérfida. Por todo lo cual creemos impropio de nuestra prudencia que la decisión recaiga sobre los propios autores, cuando nuestros adversarios, por medio de conjuras y conspiraciones, han causado tal general defección de nuestras filas que la mayor parte de nuestra sociedad ya ha desertado yéndose con ellos, y nuestros amigos más íntimos empiezan a mostrarse distantes, como si estuvieran medio avergonzados de serlo.

Esto es lo más que estoy autorizado a decir sobre un asunto tan ingrato y melancólico, pues no nos sentimos nada dispuestos a alimentar una controversia cuya prolongación puede resultar fatal para los intereses de todos nosotros, prefiriendo claramente que las cosas se arreglen de manera amistosa; y por nuestra parte podemos adelantar que estamos dispuestos a recibir con los brazos abiertos a los dos hijos pródigos cuando ellos consideren oportuno regresar de sus cáscaras y sus rameras, a las que, a juzgar por el curso actual de sus estudios, creo que se puede decir con toda propiedad que están dedicados; y, como un padre indulgente, continuaremos dándoles nuestro afecto y nuestra bendición.

Pero la mayor calamidad sufrida por aquella general acogida que recibían anteriormente los escritores de nuestra sociedad (aparte de lo transitorio de todas las cosas sublunares) ha sido esa vena de superficialidad de muchos lectores de nuestro tiempo, a los que en modo alguno se puede persuadir de que examinen bajo la superficie y la corteza de las cosas; considerando que la sabiduría es como un zorro al que, tras larga persecución, al final cuesta mucho esfuerzo hacer salir de su refugio; es como un queso que, cuanto más sabroso es, más espesa, más fea y más basta es su corteza, y en el que, para un paladar sensato, los gusanos son lo mejor; es como un ponche de vino, en el que cuanto más ahondas más dulce lo encuentras. La sabiduría es como una gallina, cuyo cacareo debemos saber valorar y considerar, pues es acompañado por un huevo; en fin, es como una nuez, que, de no ser elegida con juicio, puede costarte un diente y dispensarte nada menos que un gusano. Como consecuencia de estas verdades trascendentales, los sabios de Grub Street siempre han preferido expresar sus preceptos y sus artes dentro de los vehículos de los arquetipos y de las fábulas; ya que, al haber sido adornados quizá con más cuidado y curiosidad de lo necesario, viajan en esos vehículos siguiendo el destino que suelen tener las carrozas doradas, pintadas llamativamente, cuyo lustre deslumbra los ojos y colma las imaginaciones de los transeúntes, con lo que no observan ni consideran a la persona o las peculiaridades del dueño que va dentro. Una desgracia que soportamos con algo menos de reticencia, puesto que ha sido compartida con nosotros por Pitágoras, Esopo, Sócrates y otros predecesores nuestros.

Sin embargo, para que ni el mundo ni nosotros mismos tengamos que sufrir más a causa de tales malentendidos, se me ha convencido, tras mucha insistencia por parte de mis amigos, para que me embarque en una completa y laboriosa disertación acerca de las producciones supremas de nuestra sociedad, las cuales, además de sus bellas apariencias para el disfrute de lectores superficiales, contienen bajo estas, en su profundo interior, los sistemas más acabados y refinados de todas las ciencias y artes, que no dudo en dejar a la vista, desanudándolos y desenrollándolos, ni en extraer mediante punción ni en exponer mediante incisión.

Esta gran obra fue emprendida hace algunos años por uno de nuestros miembros más eminentes; comenzó con la Historia del zorro Renardo, pero ni vivió para ver publicado su ensayo ni para seguir adelante con su empeño, lo cual es muy de lamentar, pues lo que descubrió y comunicó a sus amigos es hoy universalmente aceptado; ni creo tampoco que ningún entendido discuta que ese famoso tratado sea una completa síntesis de conocimiento civil, así como la revelación, o mejor dicho el apocalipsis, de todos los secretos del Estado. Pero el progreso que yo he realizado es mucho mayor, pues ya he concluido mis anotaciones a varias docenas de obras; de algunas de ellas proporcionaré unas pocas pistas al cándido lector, a medida que sea necesario para los objetivos que me propongo.

La primera obra de la que me he encargado es Pulgarcito, cuyo autor fue un filósofo pitagórico. Este oscuro tratado contiene todo el esquema de la metempsicosis, exponiendo la transmigración del alma a través de sus distintas etapas.

La siguiente es el Doctor Fausto, escrito por Artephius, un autor bonae notae, y también un adeptus; la publicó a los novecientos ochenta y cuatro años de edad. Este autor procede enteramente por reincrudación, o mediante la via humida: el matrimonio entre Fausto y Helena dilucida de manera más que conspicua la fermentación de macho y hembra entre los dragones.

Whittington y su gato es la obra de ese misterioso rabino, Jehuda Hannasi, que contiene una defensa de la gemara de la Mishná de Jerusalén, y su justa preferencia sobre la de Babilonia, en contra de la opinión del vulgo.

La cierva y la pantera. Esta es la obra maestra de un famoso escritor todavía vivo, que intenta ofrecer una completa reseña de dieciséis mil escolásticos, desde Scoto a Belarmino.

Tommy Potts. Otra obra, supuestamente del mismo autor, a modo de suplemento de la anterior.

Los sabios de Gotham, cum appendice. Un tratado de inmensa erudición, al ser el origen y fuente principal de esos argumentos tan repetidos en Francia e Inglaterra en justa defensa del saber y del ingenio de los modernos contra la presunción, la soberbia y la ignorancia de los antiguos. Este desconocido autor ha profundizado tanto en el tema que un lector perspicaz descubrirá fácilmente que lo que se ha escrito después sobre esa polémica es poco más que una repetición. Una síntesis de ese tratado ha sido publicada recientemente por un honorable miembro de nuestra sociedad.

Estas noticias podrán servir para dar al culto lector una idea, y hasta un sabor, de lo que probablemente va a resultar el empeño en su conjunto, al que ahora he circunscrito totalmente mis pensamientos y estudios; y, si puedo llevarlo a cabo antes de mi muerte, daré por bien empleados los pobres residuos de una vida desafortunada. Esto es, en verdad, más de lo que en justicia puedo esperar de una pluma gastada hasta la médula en el servicio del Estado, en pros y contras sobre conspiraciones papistas, en barriles de harina, en leyes de exclusión, en la obediencia pasiva, en instancias de vidas y fortunas, en prerrogativas, en propiedades, en libertad de conciencia y en cartas a un amigo; y de un entendimiento y una conciencia hechos jirones y andrajosos a causa de un permanente vaivén; de una cabeza cien veces descalabrada por los malvados de facciones rivales; y de un cuerpo consumido por llagas mal curadas, por confiarlas a alcahuetas y cirujanos que, como después se supo, eran enemigos declarados míos y del Gobierno, y que se desahogaron de sus peleas partidarias sobre mi nariz y mis espinillas. He escrito noventa y un panfletos bajo tres reinados, y al servicio de treinta y seis facciones. Pero al ver que el Estado ya no necesita de mi persona ni de mi tinta, me retiro voluntariamente para dedicarlas a especulaciones más propias de un filósofo, tras haber pasado una larga vida, para mi indecible alivio, con una conciencia libre de culpa.

Pero volvamos al asunto. Estoy seguro, contando con la honestidad del lector, de que la breve muestra que he presentado liberará fácilmente a todo el resto de producciones de nuestra sociedad de una difamación nacida, como es manifiesto, de la envidia y la ignorancia; son (esas obras) de escasa utilidad o valor para la humanidad, más allá del común entretenimiento que aporten su ingenio y su estilo, pues estoy seguro de que estos jamás han sido discutidos por nuestros adversarios más tenaces; en ambos, así como en su aspecto más profundo y místico, he seguido cuidadosamente, a lo largo del tratado, las fuentes más elogiadas. Y, por dar cuenta de todo, he decidido, después de mucho pensamiento y dedicación, que el título principal que encabece la obra, es decir, bajo el cual quiero que pase a la común conversación de la corte y la ciudad, tome exacto modelo de la peculiar forma de ser de nuestra sociedad.

Confieso que he sido un tanto generoso en materia de títulos, tras observar que la ocurrencia de multiplicarlos tiene un gran predicamento entre ciertos escritores a los que tengo en alta consideración. Y ciertamente parece razonable que los libros, como criaturas que son del cerebro, merezcan el honor de ser bautizados con gran diversidad de nombres, como lo son otros hijos de alcurnia. Nuestro famoso Dryden se ha atrevido a dar un paso más, al empeñarse en introducir además a multitud de padrinos, lo que supone una ventaja mucho mayor a todos los efectos. Es una lástima que esa admirable invención no haya sido mejor cultivada, de manera que pudiera ser hoy objeto de imitación general, cuando semejante autoridad le sirve de precedente. Tampoco han sido mis empeños partidarios de secundar un ejemplo tan útil; pero al parecer la profesión de un padrino lleva por lo general aparejada un incómodo gasto, que claramente yo no había tenido en cuenta, como es razonable pensar. No puedo aseverar con seguridad dónde reside el aprieto, pero después de dedicar mil pensamientos y penurias a dividir mi tratado en cuarenta secciones, después de haber suplicado a cuarenta señores conocidos míos que me hicieran el honor de apadrinarlas, todos hicieron de ello una cuestión de conciencia y me enviaron sus excusas.

Sección II

Había una vez un hombre que tenía tres hijos de una misma mujer, los tres del mismo parto, y ni la comadrona pudo decir con certeza cuál había sido el primogénito. Su padre murió cuando eran aún muy jóvenes; y en su lecho de muerte los llamó y les habló así:

«Hijos, como no he adquirido propiedad alguna, ni tampoco la heredé, durante mucho tiempo he considerado qué buenos legados podría dejaros, y finalmente, con mucho cuidado, y no menos desembolso, he dispuesto para cada uno de vosotros —aquí están— una nueva casaca. Ahora bien, tenéis que entender que estas casacas poseen dos virtudes; una de ellas es que si les dais buen uso os durarán mientras viváis como si estuvieran nuevas; la otra, que crecerán del mismo modo que lo hagan vuestros cuerpos, alargándose y ensanchándose, para que os queden siempre a medida. Aquí tenéis. Dejadme que os las vea puestas antes de morirme. Así; muy bien; hijos, os ruego que las mantengáis limpias y las cepilléis a menudo. Encontraréis en mi testamento, que aquí está, instrucciones completas y detalladas concernientes al uso y cuidado de vuestras casacas, en los que tendréis que ser muy cumplidores si queréis evitar los castigos que he dispuesto para cada transgresión o negligencia, y de eso dependerá completamente toda vuestra fortuna futura. He dispuesto también en mi testamento que debéis vivir juntos en una casa, como hermanos y amigos, porque solo entonces tendréis la seguridad de prosperar, y no de otro modo».

Aquí dice la historia que entonces murió aquel buen padre y los tres hijos se fueron juntos en busca de fortuna.

No os molestaré con el relato de las aventuras que vivieron en los primeros siete años, sino que solo señalaré que cumplieron escrupulosamente con la voluntad de su padre, y que conservaron en muy buen estado sus casacas; y que viajaron por diversos países, se encontraron con una buena cantidad de gigantes y mataron a algunos dragones.

Al alcanzar la edad adecuada para reproducirse, llegaron a una ciudad y quedaron prendados de las damas que allí había, pero en especial de tres, que por entonces gozaban de la mayor reputación: la duquesa d'Argent, la señora des Grands Titres y la condesa d'Orgueil. En su primer encuentro, nuestros tres aventureros obtuvieron un mal recibimiento; pero, al adivinar enseguida y sagazmente la razón de ello, empezaron rápidamente a beneficiarse de las grandes cualidades de la ciudad: escribían, se relacionaban, hacían versos, cantaban, y decían y no decían; y bebían, se peleaban, fornicaban, dormían, juraban y tomaban rapé; iban al estreno de obras de teatro, frecuentaban las chocolaterías, se pegaban con la guardia, se acostaban en cualquier sitio y cogían purgaciones; y estafaban a cocheros, se endeudaban con tenderos y se acostaban con sus mujeres; y mataban alguaciles, echaban a patadas por la escalera a músicos, comían en Locket's y holgazaneaban en Will's; y hablaban de algún salón al que nunca fueron; cenaban con señores a los que nunca vieron; cuchicheaban con una duquesa, pero sin decir ni una palabra; mostraban los garabatos de su lavandera como si fueran valiosas cartas de amor; acababan de llegar de la corte, pero nunca se les vio en ella; asistían al besamanos sub dio; aprendían de memoria una lista de nobles en una reunión y la soltaban con gran familiaridad en otra. Pero, sobre todo, asistían continuamente a los comités de esos senadores que están callados en la Cámara pero que vociferan en el café, al que se trasladan al llegar la noche para rumiar la política, acompañados por un corro de discípulos a la espera de recoger sus desperdicios. Los tres hermanos adquirieron otras cuarenta cualidades de parecida estofa que sería tedioso enumerar, y por consiguiente fueron considerados justamente como las personas más expertas de la ciudad; pero todo ello no fue suficiente, y las damas ya mencionadas siguieron manteniéndose inflexibles. Para explicar tal inconveniente tengo que recurrir, con la licencia y la paciencia del lector, a ciertos argumentos de peso que los autores de esa época no han ilustrado suficientemente.

Por aquel tiempo apareció una secta cuyos principios prevalecieron y alcanzaron gran difusión, especialmente en el grand monde y entre todos quienes estaban de moda. Adoraban a una especie de ídolo, el cual, según su doctrina, creaba hombres diariamente mediante una especie de procedimiento industrial. Colocaban a ese ídolo en la parte más alta de la casa, sobre un altar de unos tres pies de alto, y lo mostraban en la postura de un emperador persa, sentado y con las piernas cruzadas. Esta deidad tenía un ganso a modo de enseña, de lo que algunos eruditos pretenden deducir que tenía su origen en el Júpiter Capitolino. A su izquierda, bajo el altar, parecía que se abría el infierno, que atrapaba a los animales que el ídolo iba creando; para impedirlo, algunos de sus sacerdotes, cada hora, arrojaban dentro trozos de la masa informe, o sustancia, y a veces miembros completos ya animados, que aquella horrible sima tragaba insaciablemente, lo que aterraba contemplar. El ganso también era considerado una divinidad subalterna, o deus minorum gentium, ante cuyo altar se sacrificaba a aquella criatura cuyo alimento, cada hora, consistía en sangre humana, y que tiene tanto renombre en el mundo por ser el deleite favorito del cercopiteco egipcio. A millones de estos animales se les mataba cruelmente cada día para aplacar el hambre de aquella insaciable deidad. Al ídolo principal se le adoraba también como inventor de la vara de medir y de la aguja. No se ha aclarado suficientemente si era como dios de los navegantes o a cuenta de otros atributos místicos.

Los adoradores de esta deidad sustentaban también otra creencia que parecía basarse sobre los siguientes fundamentos: mantenían que el universo es un gran conjunto de ropas que todo lo visten; que la Tierra está arropada por el aire, el aire lo está por las estrellas, y las estrellas lo están por el primum mobile. Al mirar al globo terráqueo se comprobaría que está ataviado con un vestido completo y elegante. ¿Qué era eso que algunos llaman Tierra sino un hermoso abrigo verde? O el mar, ¿qué sino un chaleco de atigradas aguas? Y al fijarse en tantas otras obras de la Creación uno comprobaría hasta qué punto la naturaleza ha sido una oficiala minuciosa en el arreglo de las bellezas vegetales; obsérvese qué refulgente peluca adorna la copa de un haya, y qué fino doblete de blanco satén luce el abedul. En definitiva, ¿qué es el mismo hombre sino un microvestido, o mejor dicho un completo ropaje con todos sus adornos? Y en cuanto al cuerpo, no puede haber discusión posible, pero si se examinan incluso los conocimientos de su mente, se comprobará que todos ellos contribuyen, cada uno en su orden, a proporcionar un vestido a la medida. Por no citar más ejemplos, ¿no es la religión una capa, la honradez un par de zapatos gastados, el egoísmo un sobretodo, la vanidad una camisa y la conciencia un par de calzones, que, aunque cubran la lascivia y la porquería, se pueden bajar fácilmente para servir a ambas?

Al admitir tales postulados, será razonable inferir que esos seres a los que el mundo llama impropiamente ropajes son en realidad la especie animal más refinada o, por ascender aún más, que son criaturas racionales, o sea hombres. Porque ¿no es evidente que viven, se mueven, hablan y realizan todas las demás funciones de la vida humana? ¿Acaso no son la belleza, el ingenio, la apariencia y la educación sus atributos inseparables? En resumen, no los vemos sino a ellos, no los oímos sino a ellos. ¿No son ellos quienes caminan por las calles, y llenan el Parlamento, los cafés y los burdeles? Es cierto, desde luego, que esos animales, a los que vulgarmente se llama ropajes, o trajes, reciben, de acuerdo con algunos de sus componentes, diferentes denominaciones. Si a uno de ellos se le adereza con una cadena de oro, una toga roja, una vara blanca y un gran caballo se le llama señor alcalde; si cierto armiño y ciertas pieles se colocan en cierta posición, lo denominamos juez; y si se da una adecuada conjunción de lino fino y negro satén lo titulamos obispo.

Otros de los que profesaban en esa secta, aunque estaban de acuerdo con lo principal de ella, eran aún más refinados acerca de ciertas ramas de la misma y sostenían que el hombre era un animal compuesto por dos vestimentas, la natural y la celestial, que eran el cuerpo y el alma: el alma era la ropa exterior y el cuerpo la ropa interior; que esta era ex traduce, y aquella provenía de la diaria creación e impregnación; esto último lo demostraban por la Escritura, pues «en ellos vivimos, nos movemos y tenemos nuestro ser», e igualmente por la filosofía, porque están todos en el todo y todos en cada parte. Además, decían, separad a los dos y os encontraréis con que el cuerpo es solo una carcasa insensible e insípida; por lo que resulta manifiesto que el vestido externo tiene que ser necesariamente el alma.

Este sistema religioso estaba asociado con diversas doctrinas subalternas que disfrutaban de gran aceptación; en particular, las facultades de la mente eran explicadas por los eruditos del modo siguiente: los bordados eran ingenio puro; las orlas de oro, grata conversación; los encajes de oro, agudeza; una gran peluca larga, humor; y una casaca bien empolvada era una chanza muy buena; todo lo cual requería abundancia de finesse y de delicatesse para poder practicarlo con provecho, así como una estricta observancia de los usos de la época y de sus modas.

Tras muchas lecturas y gran esfuerzo he recopilado, recurriendo a antiguos autores, este breve resumen de un compendio filosófico y teológico que parece haber sido elaborado por una corriente y un estilo de pensamiento muy diferente de cualquier otro sistema, tanto antiguo como moderno. Y no ha sido simplemente para entretener o satisfacer la curiosidad del lector, sino para ilustrarle sobre varias circunstancias de la siguiente historia, puesto que al conocer las actitudes y opiniones de una época tan remota pueda comprender mejor los grandes acontecimientos que resultaron de ellas. Por lo tanto aconsejo al cortés lector que compruebe muy aplicadamente, una y otra vez, cuanto he escrito sobre este asunto. Y así, dejando estos cabos sueltos, retomo con cuidado el hilo principal de mi historia y prosigo.

Así pues, estas creencias estaban tan extendidas, así como la práctica de las mismas, entre la gente refinada de la corte y de la ciudad, que nuestros tres hermanos aventureros, dadas sus circunstancias de entonces, se encontraban extrañamente confundidos. Porque, por una parte, las tres damas a las que rondaban, a las que ya he mencionado, siempre estaban en la cima de la elegancia, y aborrecían todo lo que estuviera por debajo, aunque fuera a la distancia del ancho de un cabello. Por otra parte, la última voluntad de su padre era muy precisa, y el precepto principal de la misma, bajo pena de los mayores castigos, era que no se añadiera ni se quitara un solo hilo de sus casacas sin expreso mandato del testamento. Ahora bien, las casacas que les había dejado su padre eran, es verdad, de muy buena tela, y además tan bien confeccionadas que uno podría jurar que eran de una sola pieza, pero al mismo tiempo eran muy sencillas, con pocos o ningún adorno; y ocurrió que antes de que hubieran pasado un mes en la ciudad aparecieron las grandes charreteras —todo el mundo llevaba charreteras—, no había quien se acercase a las ruelles de las damas sin su cuota de charreteras. «¿Dónde va ese tipo sin charretera?», podía gritar alguien, «¿es que no tiene alma?». Nuestros tres hermanos pronto se dieron cuenta de esa carencia por triste experiencia, al encontrarse en sus paseos con docenas de mortificaciones y humillaciones. Si iban al teatro, el portero les hacía colocarse en lo más alto del gallinero; si pedían una barca, el barquero les decía que él era «remero de primera»; si entraban en la Rosa a tomarse una botella, el tabernero gritaba: «Amigo, no vendemos cerveza»; si iban a visitar a una dama, un lacayo les decía en la puerta: «Les ruego que me dejen su recado». Ante esta situación fueron inmediatamente a consultar el testamento de su padre; lo leyeron una y otra vez, pero no se decía ni una sola palabra sobre charreteras. ¿Qué debían hacer? ¿De qué manera cumplir? La obediencia era absolutamente necesaria, pero las charreteras resultaban imprescindibles. Después de pensarlo mucho, uno de los hermanos, que era más leído que los otros dos, dijo que había encontrado un remedio. «Es verdad», dijo, «que no hay nada en este testamento, totidem verbis, que haga mención de las charreteras, pero me atrevo a conjeturar que tal vez las encontremos inclusive, es decir totidem syllabis». Esta distinción fue inmediatamente aprobada por el resto, y así se pusieron otra vez a examinar el documento. Pero su mala estrella había dispuesto las cosas de tal modo que la primera sílaba no se pudo encontrar en todo el escrito. Superando su decepción, el que había encontrado la anterior solución, se reanimó y dijo: «Hermanos, todavía hay esperanzas: pues si no podemos encontrarlas totidem verbis ni totidem syllabis, me atrevo a proponer que las encontremos tertio modo, o totidem literis». Este hallazgo también fue muy elogiado, e inmediatamente se entregaron otra vez al escrutinio, y no tardaron en hallar S, H, O, U, L, D, E, R; pero la misma estrella, enemiga de su reposo, había conseguido portentosamente que no apareciera ninguna K. ¡Esa sí que era una dificultad de peso! Pero el hermano en cuestión —para el que luego encontraremos un nombre— siguió insistiendo y demostró con un muy buen argumento que la K era una letra moderna e ilegítima, desconocida en los tiempos cultos y que en modo alguno podía encontrarse entre los antiguos manuscritos. Dijo que era verdad que la palabra Calendae se había escrito a veces con K en Q. V. C., pero erróneamente, pues en las mejores copias siempre se había puesto con C.

Y que, consecuentemente, había sido un gran error de nuestra lengua escribir knot con una K, pero que de ahora en adelante él cuidaría de que tuviera que escribirse con C. Dicho lo cual se disiparon todas las dificultades del caso, con lo que las charreteras se consideraron claramente como de jure paterno, y nuestros tres caballeros se pavonearon con unas tan grandes y aparatosas como las mejores. Pero como la felicidad humana es de corta duración, lo mismo les pasaba entonces a las modas humanas, de las que depende por entero. Las charreteras tuvieron su momento, y ahora tenemos que imaginarlas en su declive, pues cierto señor importante vino de París con un adorno de cincuenta yardas de encaje de oro en su casaca, exactamente de acuerdo con la moda de la corte de aquel mes. Al cabo de dos días todo el mundo apareció enfundado en bandas de encajes de oro: quien osara asomarse a la calle sin su complemento de encaje de oro era tan escandaloso como un ______ y era muy mal recibido entre las mujeres. ¿Qué podían hacer nuestros tres caballeros ante asunto tan grave? Ya se habían atrevido más de la cuenta con lo de las charreteras. Recurrieron al testamento, pero allí no aparecía nada salvo altum silentium. La de las charreteras era una cuestión suelta, volátil, circunstancial, pero esta del encaje de oro parecía una alteración demasiado considerable y sin mayor justificación; se trataba de un aliquo modo essentiae adhaerere, y por lo tanto requería de un precepto explícito. Pero sucedió por entonces que el docto hermano antes mencionado había leído las Aristotelis dialectica, y especialmente esa maravillosa obra De interpretatione, que tiene la facultad de enseñar a sus lectores a descubrir un significado en todo menos en ella misma, como los comentaristas de las Revelaciones, que siguen a los profetas sin entender ni una sílaba del texto. «Hermanos», les dijo, «tengo que informaros de que en cuestión de testamentos duo sunt genera, el nuncupatorio y el scriptorio, y que en el testamento scriptorio que tenemos delante no hay precepto ni mención sobre encajes de oro, conceditur; pero, si idem affirmentur de nuncupatorio, negatur. Porque, si recordáis, hermanos, cuando éramos unos muchachos oímos decir a un tipo que había oído decir al ayudante de mi padre que este aconsejaría a sus hijos que se pusieran encajes de oro en sus casacas tan pronto como fueran capaces de procurarse el dinero para comprarlos». «¡Por Dios, que es bien cierto!», exclamó el otro. «Lo recuerdo perfectamente», dijo el tercero. Y así, sin más, se hicieron con los encajes más grandes de la parroquia y se fueron de paseo más ufanos que unos lores.

Poco después se puso muy de moda un bonito modelo de tela de satén, de un color amarillo llameante, para forros; y el mercero llevó inmediatamente una muestra a nuestros tres caballeros. «Permítanme vuestras mercedes», dijo, «lord Conway y sir John Walters adquirieron anoche forros de esta misma pieza; sienta maravillosamente, y para mañana a las diez de la mañana no me habrá quedado ni un retal suficiente para hacerle un alfiletero a mi mujer». Al oír esto se pusieron otra vez a hurgar en el testamento, ya que el nuevo caso también requería de un precepto explícito, al ser considerado el forro por los escritores ortodoxos como la esencia de la casaca. Después de una larga búsqueda no consiguieron encontrar nada acerca del asunto que tenían entre manos, excepto un breve aviso de su padre en el testamento para que tuvieran cuidado con el fuego y apagaran sus velas antes de irse a dormir. Esto, aunque viniera bien para el propósito y ayudara mucho a convencerlos, sin embargo no parecía tener fuerza suficiente para establecer un mandato; y, resuelto a evitar escrúpulos tanto como futuras ocasiones de escándalo, dijo el hermano docto: «Recuerdo haber leído en ciertos testamentos algo sobre un codicilo anexo, que de hecho forma parte del testamento y que contiene igual autoridad que el resto. Pues bien, he estado considerando el testamento que aquí tenemos y no puedo estimar que esté completo, ya que carece de tal codicilo: por lo tanto voy a añadirle uno cuidadosamente y en el sitio adecuado —lo tengo conmigo desde hace un tiempo—, fue escrito por un perrero de mi abuelo, y habla mucho, tenemos esa buena suerte, de ese mismo satén de color llameante». La propuesta fue inmediatamente aprobada por los otros dos: en consecuencia se le añadió un viejo rollo de pergamino en forma de codicilo anejo, y el satén se compró y se lució.

El invierno siguiente, un actor contratado a propósito por la asociación de la pasamanería desempeñó su papel en una nueva comedia enteramente cubierto con ribetes de plata, y, de acuerdo con la loable costumbre, dio lugar a esa moda. En vista de ello, los hermanos, al consultar el testamento de su padre, para su gran asombro, encontraron estas palabras: «Item, encargo y mando a mis tres hijos citados que no se vistan con ribetes plateados de ningún tipo sobre ni en torno a las citadas casacas, etcétera, so pena, en caso de desobediencia, de un castigo demasiado largo para incluirlo aquí». Sin embargo, al poco rato, el hermano tantas veces citado por su erudición, que estaba muy dotado para la crítica, había ya descubierto en cierto autor, cuyo nombre no quiso revelar, que la misma palabra que en el testamento significaba fleco o ribete, significaba también palo de escoba, y sin duda debía tener la misma interpretación en aquel párrafo. Esto no le pareció bien a otro de los hermanos, debido al epíteto «plata», que en su modesta opinión no podía, hablando con propiedad, aplicarse razonablemente a un palo de escoba; pero le replicaron que ese epíteto había que entenderlo en sentido mitológico y alegórico. Pero volvió a objetar que por qué su padre habría de prohibirles que llevaran un palo de escoba en las casacas, una advertencia que parecía forzada e impertinente, con lo que le interrumpieron como a alguien que hablase de manera irreverente de un misterio, que siendo sin duda muy útil y significativo, no debía ser objeto de excesiva curiosidad ni examinado escrupulosamente. En resumen, hundida ya considerablemente la autoridad paterna, este recurso fue aceptado para servir como legítima dispensa para lucir su ración completa de flecos plateados.

Poco después volvió a estar en boga una moda que se había quedado anticuada, la de los bordados con figuras indias de hombres, mujeres y niños. En este caso se acordaban muy bien de cuánto había aborrecido siempre su padre esa moda, a la que había dedicado varios párrafos, donde se exponía cuán profundamente la detestaba y donde declaraba la maldición eterna para sus hijos si alguna vez la seguían. El caso es que tardaron pocos días en lucir esa moda más ostentosamente que nadie en la ciudad. Pero resolvieron el asunto diciendo que aquellas figuras no eran en absoluto las mismas que las de la antigua moda, y a las que se refería el testamento. Además, no las vestían en el sentido en que las prohibía su padre, sino como una costumbre encomiable y de gran utilidad pública. Y que por lo tanto aquellas rigurosas cláusulas del testamento requerían cierta tolerancia y una interpretación favorable, y debían ser entendidas cum grano salis.

Pero como las modas cambiaban continuamente en aquellos tiempos, el hermano erudito acabó cansándose de buscar más evasivas y de resolver perpetuas contradicciones. Resueltos, por tanto, a acatar las modas mundanas a toda costa, se pusieron de acuerdo y decidieron unánimemente encerrar el testamento de su padre en una caja fuerte, traída de Grecia o de Italia, no recuerdo de dónde, y no preocuparse más por examinarlo, tan solo referirse a su autoridad cada vez que lo consideraran conveniente. Como consecuencia de ello, al haberse extendido poco después la moda de llevar un número infinito de cordones, en su mayoría adornados con plata, el hermano docto declaró ex cathedra que los cordones eran absolutamente jure paterno, como ellos recordarían bien. Ciertamente la moda prescribía algo más de lo que se nombraba directamente en el testamento; sin embargo, ellos, como herederos universales de su padre, tenían la potestad de redactar y añadir ciertas cláusulas para emolumento público, aunque no se dedujeran, totidem verbis, de la letra del testamento, de otro modo multa absurda sequerentur. Esto se consideró canónico y, por lo tanto, al domingo siguiente, fueron a la iglesia todos cubiertos de cordones.

Al hermano instruido, tantas veces mencionado, se le consideraba como al más docto, o casi, en esta materia, hasta el punto que, al quedarle algo pequeño el mundo común, obtuvo el favor de ser recibido en la casa de cierto señor y de enseñar a sus hijos. El señor murió poco después, y él, gracias a la larga práctica con el testamento de su padre, encontró el modo de idear una escritura de traspaso de aquella casa para él y sus herederos; hecho lo cual, tomó posesión de la misma, expulsó de ella a los jóvenes terratenientes y acogió a sus hermanos en su lugar.

Sección III. Una digresión en relación con los críticos

Por cauteloso que, en toda ocasión, haya sido yo hasta ahora al seguir escrupulosamente las reglas y métodos de escribir establecidos por el ejemplo de nuestros ilustres modernos, la infeliz flaqueza de mi memoria me ha inducido a un error del que debo librarme de inmediato, antes de que pueda proseguir dignamente con el asunto principal. Confieso con vergüenza que ha sido una imperdonable omisión llegar tan lejos como lo he hecho sin haber ofrecido antes los debidos discursos expostulatorios, suplicatorios y deprecatorios a mis buenos señores los críticos. Tratando de reparar de algún modo tan lamentable negligencia, me atrevo ahora humildemente a presentar una breve semblanza de ellos y de su arte, mediante la observación del origen y la genealogía de la palabra, tal y como es generalmente entendida entre nosotros, y considerando brevemente la antigua y actual situación de la misma.

Con la palabra crítico, tan frecuente hoy día en todas las conversaciones, se ha distinguido a veces tres especies muy diferentes de hombres mortales, conforme a lo que he leído en libros y folletos antiguos. En primer lugar, se aplicaba ese término a las personas que inventaron o redactaron normas para sí mismos o para todo el mundo, cuya observancia por un lector prudente permitan a este pronunciarse sobre las obras de los sabios, formar su gusto hasta el verdadero deleite de lo sublime y lo admirable, y distinguir entre la belleza de un tema o de un estilo y lo fraudulento de sus imitaciones: en su examen de los libros pueden señalar sus errores y defectos, lo nauseabundo, lo exagerado, lo aburrido y lo impertinente, con la cautela de un hombre que por la mañana pasea por las calles de Edimburgo y que tiene el mayor de los cuidados en avistar y descubrir la basura que puede encontrarse en su camino; y no por la curiosidad de observar el color y el aspecto de la inmundicia, o de apreciar sus dimensiones y menos aún de chapotear en ella o de probarla, sino solo con la intención de salir de allí lo más limpiamente que pueda. Esos hombres parecen haber entendido, aunque muy equivocadamente, la denominación de crítico en sentido literal, como es el que un aspecto principal de su oficio era el de elogiar y exculpar, y que un crítico que se apresta a leer solo como una ocasión para censurar y reprobar es una criatura tan bárbara como un juez que resolviera ahorcar a todos los hombres que comparecieran ante él en un juicio.

Con la palabra crítico se ha designado también a todos aquellos que han rescatado de los gusanos, las tumbas y el polvo los manuscritos de la sabiduría antigua.

Ahora bien, esas dos estirpes han quedado totalmente extinguidas desde hace siglos, y además seguir disertando sobre ellos no sería en absoluto mi propósito.

La tercera y más noble especie es la del crítico verdadero, cuyo origen es el más antiguo de todos. Todo crítico verdadero es un héroe nato, descendiente directo del tronco celestial de Momo e Hibris, que engendró a Zoilo, que engendró a Tigelio, que engendró a Etcétera el Viejo, que engendró a Bentley, a Rymer, a Wotton, a Perrault y a Dennis, que engendró a Etcétera el Joven.

Y estos son los críticos de los que la comunidad del saber ha recibido en toda época tan inmenso beneficio, y que la gratitud de sus admiradores hizo situar los orígenes en el cielo, entre los de Hércules, Teseo, Perseo y otros grandes bienhechores de la humanidad. Pero la propia virtud heroica no ha quedado exenta de las injurias de las malas lenguas. Porque se ha objetado que aquellos héroes antiguos, famosos por haber combatido contra tantos gigantes, dragones y bandidos, fueron, como personas, un mayor perjuicio para la humanidad que cualquiera de los monstruos a los que sometieron; por tanto, para cumplir de un modo más completo con sus obligaciones, tras haber destruido a todas las otras alimañas, deberían, en conciencia, haberse aplicado la misma justicia sobre sí mismos. Como generosamente hizo Hércules, que como consecuencia de ello se aseguró una mayor cantidad de templos y de devotos que el mejor de sus colegas. Supongo que por estas razones es por lo que algunos han pensado que sería muy conveniente para el bien común de la cultura que todo crítico verdadero, tan pronto como concluyera la tarea a él asignada, debería inmediatamente administrarse un raticida, o hachís, o arrojarse al vacío desde una altura apropiada, y que no se apreciara en absoluto las aspiraciones de nadie a tan ilustre desempeño hasta que se cumpliera esa operación.

Ahora bien, debido al celestial linaje de la crítica y a la estrecha analogía que tiene con la virtud heroica, es fácil asignarle la función adecuada a un verdadero y genuino crítico antiguo, como es viajar a través de este vasto mundo de los escritos, perseguir y dar caza a esas monstruosas faltas que se engendran en ellos, exponer sus errores, que acechan como Caco en su guarida, multiplicándolos luego como cabezas de Hidra y amontonándolos como el estiércol de Augías, o si no la de ahuyentar a una especie de ave dañina, cuya perversa inclinación consiste en saquear las mejores ramas del árbol del conocimiento, como aquellas estinfálidas que se comían el fruto.

Estos razonamientos nos proporcionarán una adecuada definición de lo que es un verdadero crítico, o sea un descubridor y un coleccionista de faltas de los escritores, lo que puede establecerse sin lugar a dudas con la siguiente demostración: cualquiera que examine los escritos de todo género con los que esta antigua secta ha honrado al mundo inmediatamente descubrirá, a partir de su completo entramado y tenor, que las ideas de los autores se han familiarizado y se acoplan bien con las faltas, las imperfecciones, los descuidos y las equivocaciones de otros escritores y que, sea cual sea el objeto tratado, su imaginación está tan completamente poseída y repleta de los defectos de otras plumas que la quintaesencia de lo malo se destila necesariamente en las suyas, por todo lo cual el conjunto no parece ser otra cosa que un sumario de las críticas que ellos mismos han hecho.

Habiendo considerado así brevemente el origen y la función de un crítico, tal como es entendida la palabra en su más noble y universal aceptación, procedo ahora a refutar las objeciones de aquellos que, desde el silencio o la dejadez de los autores, pretenden probar que el auténtico arte de la crítica, tal como se ejerce ahora y como yo lo explico, es plenamente moderno y que, en consecuencia, los críticos británicos y franceses, como yo había deducido, no tienen derecho a tan antigua e ilustre alcurnia. Ahora bien, si puedo distinguir claramente lo contrario, o sea que los antiguos escritores describieron particularmente tanto a la persona como al oficio de un verdadero crítico de acuerdo con la descripción expuesta por mí, su gran objeción, basada en el silencio de los autores, caerá por tierra.

Confieso que he compartido durante mucho tiempo este error general, del cual jamás me habría liberado si no llega a ser por la ayuda de nuestros nobles modernos, cuyos tan edificantes volúmenes repaso infatigablemente día y noche para provecho de mi pensamiento y para el bien de mi país: estos modernos, con incansables esfuerzos, han hecho muchas indagaciones útiles en los puntos flacos de los antiguos y nos han dado una lista completa de ellos. Además, han demostrado, más allá de toda contradicción, que los legados más valiosos de lo antiguo se han inventado mucho después y los han dado a conocer plumas muy posteriores, y que los más nobles descubrimientos hechos jamás por esos antiguos, artificiales o naturales, todos han sido producidos por el genio transcendente de la época actual. Lo que demuestra claramente lo pequeño que es el mérito que, en justicia, pueden pretender aquellos antiguos, y cancela esa ciega admiración que les otorgan hombres arrinconados que tienen la desgracia de comunicarse muy poco con las cosas de ahora. Al reflexionar con madurez sobre todo ello y considerar en todo su alcance la naturaleza humana, he llegado sin esfuerzo a la conclusión de que estos antiguos, un tanto conscientes de sus muchas imperfecciones, sin duda tienen que haber intentado, según vemos en algunos pasajes de sus obras, rehuir, ablandar o distraer al lector hipercrítico mediante sátiras o panegíricos dirigidos a los verdaderos críticos, en imitación de sus maestros los modernos. Y estaba yo tan versado en los lugares comunes de esas sátiras y panegíricos, tras un largo y provechoso estudio de prefacios y prólogos, que decidí por tanto de inmediato intentar qué se podía averiguar de ellos mediante el examen diligente de los escritores más antiguos, y especialmente de aquellos que trataban de las épocas más primitivas. Aquí fue donde descubrí, para mi gran sorpresa, que aunque todos ellos, en alguna ocasión, abordaban la particular descripción del crítico verdadero, unas veces impulsados por sus miedos y otras por sus esperanzas, todo lo que tocaran en ese terreno lo hacían con un exceso de precaución, y no se aventuraban más allá de la mitología y del jeroglífico. Supongo que eso fue lo que dio pie a los lectores superficiales, que basaban su postura contraria a la antigüedad del crítico verdadero en el silencio de los autores, aunque los modelos sean tan opuestos y las aplicaciones tan necesarias y naturales que no es fácil concebir cómo ningún lector de visión y gusto modernos pueda pasarlos por alto. Me aventuraré a presentar unos pocos de entre un gran número de ellos, que, estoy convencido, dejarán zanjada esta cuestión.

Merece la pena considerar que esos escritores antiguos, al tratar enigmáticamente este asunto, se han centrado por lo general en el mismo jeroglífico, variando solo el relato, de acuerdo con sus predilecciones o con su talento. Para empezar, Pausanias es de la opinión de que la perfección al escribir correctamente se debía enteramente a la institución de los críticos, y que no puede referirse a nadie que no sea el verdadero crítico, creo yo, queda sobradamente manifiesto con la siguiente descripción. Él dice que eran una raza de hombres que se deleitaban mordisqueando en las superfluidades y en las excrecencias de los libros, lo cual acabó por poner en guardia a los sabios, los cuales de común acuerdo podaron de sus obras las ramas exuberantes, las podridas, las muertas, las resecas y las excesivamente largas. Pero todo eso lo oscurece astutamente bajo la siguiente alegoría: que los de Nauplia, en Argos, aprendieron el arte de podar sus vides al observar que cuando un asno había ramoneado una de ellas, esta crecía mejor y daba mejor fruto. Pero Heródoto, sirviéndose del mismo jeroglífico, habla mucho más claro y casi in terminis. Fue tan audaz como para tachar de ignorancia y de malicia a los críticos verdaderos, contándonos abiertamente, pues creo que no puede ser más claro, que en la parte occidental de Libia había asnos con cuernos, algo que Ctesias incluso refuerza al mencionar al mismo animal relacionándolo con la India, y añadiendo que mientras todos los demás asnos carecen de vesícula biliar, los de cuernos la tenían de tal tamaño que su carne no se podía comer, debido a su excesivo amargor.

Ahora bien, la razón por la que estos escritores antiguos trataban este asunto solo mediante símbolos e imágenes era que no se atrevían a atacar abiertamente a una corporación tan poderosa y tan terrible como la de los críticos de esos tiempos, cuya voz era tan temible que toda una legión de autores temblaba y dejaba caer sus plumas al oírla; así es como Heródoto nos cuenta expresamente en otro lugar cómo un vasto ejército de escitas fue puesto en fuga, presa del pánico, por los rebuznos de un asno. De ahí que se haya conjeturado por ciertos profundos filólogos que la gran veneración y reverencia dispensados al verdadero crítico por los escritores británicos ha llegado hasta nosotros por nuestros antepasados escitas. En resumen, ese miedo era tan universal que, con el transcurso del tiempo, aquellos autores que tenían pensado publicar sus sentimientos más libremente cuando describían a los verdaderos críticos de diferentes épocas, se vieron forzados a abandonar el uso de los antiguos jeroglíficos, por aproximarse demasiado al prototipo, e inventaron en su lugar otros términos que eran más cautos y místicos: así, Diodoro, hablando del mismo tema, no va más allá de decir que en las montañas de Helicón crece cierta semilla que da una flor con un olor tan maldito que envenena a quienes osan olerla. Lucrecio nos ofrece exactamente el mismo relato:

Est etiam in magnis Heliconis montibus arbos,

Floris odore hominem tetro consueta necare.

Pero Ctesias, al que hemos citado hace poco, fue mucho más audaz; había sido utilizado con mucha severidad por los verdaderos críticos de su época y por lo tanto no pudo abstenerse de dejar tras él al menos una profunda huella de su venganza contra toda la tribu. Su mensaje es tan evidente que no comprendo cómo se les pasó por alto a aquellos que niegan la antigüedad de los críticos verdaderos. Pues, al pretender hacer una descripción de varios extraños animales de la India, dejó escritas estas notables palabras: «Entre los demás», nos dice, «hay una serpiente que carece de dientes, y que por lo tanto no puede morder; pero si su vómito, al que es muy aficionada, cae sobre cualquier cosa, provoca que esta se pudra o se corrompa; esas serpientes se encuentran por lo general en las montañas donde hay piedras preciosas y a menudo exhalan un jugo venenoso, que si lo bebe una persona se le saldrán los sesos por los agujeros de la nariz».

Había también entre los antiguos un tipo de críticos que, como especie, no se diferenciaba del anterior, salvo en dimensión o en grado, que parecen haber sido solo aprendices o novicios, pero que debido a sus diferentes ocupaciones son mencionados frecuentemente como una secta aparte. El trabajo habitual de estos jóvenes estudiantes era el de acudir asiduamente a las funciones de teatro y aprender a extraer las partes peores de la representación, de las que estaban obligados a tomar nota cuidadosamente y a entregar un cabal informe a sus tutores. Cebados con esos pasatiempos menores, como lobeznos, con el tiempo crecieron hasta ser suficientemente ágiles y fuertes como para cazar piezas mayores. Pues se ha observado, tanto entre los antiguos como entre los modernos, que un crítico verdadero tiene una cualidad en común con una ramera y con un concejal, y es que su título y su condición nunca cambian, ya que un crítico curtido ha sido ciertamente un crítico novato, siendo las perfecciones y logros de su edad tan solo las mejoradas aptitudes de su juventud; como el cáñamo, del que algunos naturalistas nos dicen que es malo para los ahogos, aunque se tomen solo las semillas. Considero que la invención, o al menos el perfeccionamiento, de los prólogos se ha debido a estos jóvenes competentes, de los que Terencio hace frecuente y honrosa mención con el nombre de malevoli.

Ahora bien, es seguro que la institución de los críticos verdaderos era de absoluta necesidad para la comunidad de las letras. Pues todos los actos humanos parecen estar distribuidos, como los de Temístocles y sus compañeros; un hombre sabe tocar un instrumento, otro puede hacer de un pueblo pequeño una gran ciudad, y el que no puede hacer ni una cosa ni otra merece que le echen del mundo a patadas. Evitar este castigo ha sido sin duda lo que ha dado lugar al nacimiento del reino de los críticos, y, con ello, una ocasión para que sus detractores secretos declararan que un crítico verdadero es una especie de operario, instalado en su tienda, con su mercancía y las herramientas propias de su negocio, a un coste tan modesto como el de un sastre, y que existe mucha analogía entre los utensilios y las capacidades de ambos: puesto que el cajón del sastre es como el manual de lugares comunes que maneja el crítico, y su ingenio y sabiduría son realzados por la plancha; que se precisan al menos tantos de uno para hacer un sabio como de los otros para componer un hombre, que el valor de ambos es igual, y sus armas casi del mismo tamaño. Mucho podría decirse como réplica a estas ingratas consideraciones, y puedo afirmar con total seguridad que la primera es una falsedad, ya que, por el contrario, nada es más cierto que librarse de la compañía de un crítico requiere del mayor de los empeños, más que la de cualquier otro que se pueda nombrar. Pues así como para ser un verdadero mendigo es menester que el candidato se gaste cada moneda que posea, del mismo modo, antes de que pueda empezar a ser un verdadero crítico, a un hombre eso le ha de costar todas las buenas cualidades de su intelecto; lo cual, para una adquisición menor quizá se consideraría un precio solamente discreto.

Habiendo así demostrado de modo suficiente la antigüedad de la crítica y descrito su primitivo estado, ahora examinaré su presente condición y mostraré lo bien que se armoniza con su antiguo ser. Cierto autor, cuyas obras se perdieron por completo hace varios siglos, dice de los críticos, en el capítulo octavo su quinto libro, que sus escritos son espejos de sabiduría. Eso lo entiendo yo en sentido literal, y supongo que nuestro autor quiere decir que quien aspire a ser un perfecto escritor tiene que mirar con atención los libros de crítica y corregir allí su propia creación, como si se mirase en un espejo. Ahora bien, quien considere que los espejos de los antiguos estaban hechos de bronce y sine mercurio, podría disponer hoy de los dos rasgos principales de un crítico verdadero moderno, y en consecuencia, por fuerza tiene que sacar la conclusión de que estos han sido siempre, y siempre lo seguirán siendo, los mismos. Porque el bronce es el emblema de lo duradero, y, cuando se bruñe con talento, su superficie se vuelve reflectante, sin que sea necesario que tenga mercurio por detrás. Todas las demás cualidades del crítico no requieren una mención particular, ya que están implícitas o son fácilmente deducibles de esas dos. Sin embargo, concluiré con tres máximas que, al tiempo que pueden servir como características para distinguir a un verdadero crítico moderno de un aspirante, serán también de admirable utilidad para aquellos espíritus nobles que se dediquen a un arte tan provechoso y honorable.

La primera es que la crítica, contrariamente a todas las otras facultades del intelecto, se ha considerado siempre como la más auténtica y la mejor, siempre y cuando sea la primerísima conclusión de la mente del crítico, del mismo modo que los cazadores tienen a su primer objetivo como el más seguro, y rara vez dejan de errar el tiro cuando no esperan a una segunda ocasión. La segunda es que los verdaderos críticos son conocidos por su talento para aglomerarse en torno a los más nobles escritores, hacia los cuales se sienten atraídos simplemente por instinto, como un ratón por el mejor queso, o como una avispa por el fruto más vistoso. Así, cuando el rey va a caballo, es seguro que sea él la persona más ensuciada de la comitiva, y que aquellos que más le cortejan sean los que acaben por salpicarle más.

Por último, un verdadero crítico, cuando examina un libro, es como un perro en un festín, cuyos pensamientos y cuyo estómago están plenamente pendientes de lo que le arrojan los comensales y, en consecuencia, propende a gruñir más cuantos menos huesos van quedando.

Todo lo cual, creo yo, es suficiente para servir como modo de dirigirme a mis patronos, los verdaderos críticos modernos, y muy bien puede valer tanto para expiar mi silencio del pasado como el que probablemente mantenga en el futuro. Espero haberme ganado tan bien a toda esa corporación como para que me traten con generosidad y amabilidad. Animado por esa esperanza, me atrevo a seguir adelante con las aventuras que tan felizmente habían comenzado.

Sección IV. Cuento de un tonel

Con mucho esfuerzo y dedicación he conducido al lector a una época de la que debe esperar que se hable de grandes mutaciones. Porque, tan pronto como nuestro culto hermano —tantas veces mencionado— hubo conseguido un cálido hogar propio que lo protegía, empezó a darse importancia y a experimentar manías de grandeza, de manera que, a menos que el gentil lector supere su ingenuidad y procure engrandecer su imaginación, me temo que en lo sucesivo le será difícil reconocer al protagonista de la obra cuando llegue a encontrárselo, de tanto como se ha alterado su papel, su indumentaria y sus maneras.

Dijo a sus hermanos que quería hacerles saber que él era el primogénito, y consecuentemente el único heredero de su padre; es más, poco después no les permitió que le llamaran hermano, sino don Pedro, y luego hubo que tratarle como padre Pedro, y a veces monseñor Pedro. Para sostener esta magnificencia que, como pronto empezó a darse cuenta, no podía mantenerse sin más fondos que los de su linaje, y, después de pensarlo mucho, por fin buscó la manera de hacerse proyectista y virtuoso, en lo que le fue tan bien que muchos de los famosos descubrimientos, proyectos y máquinas que están hoy de moda y tanto se usan en el mundo se deben por entero al ingenio del señor Pedro. Expondré ahora la mejor relación que he sido capaz de compilar entre los más importantes de ellos, sin tener mucho en cuenta el orden de su aparición, ya que creo que los autores no están muy de acuerdo en este punto.

Espero, cuando este tratado mío sea traducido a lenguas extranjeras (pues puedo afirmar sin vanidad que la tarea de recopilación, la fidelidad del recuento y la gran utilidad del asunto para el público merecerán sobradamente tal justicia), que los honorables miembros de las diversas academias extranjeras, especialmente las de Francia e Italia, aceptarán favorablemente esta humilde oferta para el progreso del conocimiento universal. También advierto a los muy reverendos padres misioneros de Oriente que, solamente en consideración a ellos, he utilizado las palabras y frases que mejor admitieran una fácil versión en alguna de las lenguas orientales, especialmente en chino. Así que sigo adelante y con gran contento de ánimo al pensar cuán gran beneficio reportarán mis esfuerzos al entero globo terráqueo.

La primera empresa del señor Pedro fue la de adquirir un vasto continente que, se dice, se ha descubierto recientemente en la terra australis incognita. Esta extensión de tierra la compró por una auténtica fruslería a los propios descubridores (aunque hay quienes dudan si estuvieron allí alguna vez), y luego la revendió, en forma de diversos cantones, a ciertos negociantes que trataron de llevar allí colonos, pero que naufragaron todos en el viaje. Tras lo cual, el señor Pedro vendió una y otra y otra vez dicho continente a otros compradores con el mismo éxito.

El segundo proyecto que mencionaré fue el de su soberano remedio contra las lombrices, especialmente las que hay en el bazo. El paciente no debía comer nada después de la cena durante tres noches: tan pronto se fuera a la cama debía echarse con cuidado sobre un lado, y cuando se cansara de estar así volverse sobre el otro; tendría también que concentrar la mirada de sus dos ojos sobre el mismo objeto y evitar por todos los medios expulsar gases al unísono por ambos extremos sin una causa manifiesta. Si se observaban diligentemente estas prescripciones, las lombrices se eliminarían insensiblemente por la transpiración, elevándose a través del cerebro.

Una tercera invención fue la construcción de una oficina de cuchicheos para el bienestar público y alivio de aquellos que son hipocondríacos o padecen de cólicos, así como de los fisgones, médicos, comadronas, politiquillos, amigos peleados, poetas que se repiten, amantes felices o desesperados, alcahuetas, consejeros privados, pajes, parásitos y bufones; en resumen, de todos aquellos que están en peligro de estallar debido al exceso de gases. Se colocó una cabeza de asno del modo más conveniente para que cada afectado pudiera acercar fácilmente su boca a las orejas del animal, a las que debía de mantenerse muy próximo durante un rato, y mediante una pasajera facultad, peculiar de las orejas de este animal, recibir inmediato beneficio, bien por eructo, expulsión de aire o vómito.

Otro proyecto muy provechoso del señor Pedro fue una agencia de seguros para pipas de tabaco, mártires del celo moderno, volúmenes de poesía, sombras, ______ y ríos, para que ninguno de ellos sufriera daños por fuego. Por lo cual nuestras sociedades de amigos pueden sentirse solo meras copias de ese original, aunque tanto el uno como las otras han sido de gran provecho para sus promotores, así como para el público.

Al señor Pedro se le tiene también como el autor original de marionetas y atracciones de feria, cuya gran utilidad es generalmente tan conocida que no me extenderé más sobre el particular.

Pero otro descubrimiento que le dio gran renombre fue su famoso escabeche universal. Pues habiendo observado cómo el escabeche corriente utilizado por las amas de casa no tenía otro aprovechamiento que el de conservar la carne y cierto tipo de verduras, Pedro, con tanto esfuerzo como arte, había conseguido producir un escabeche adecuado para hogares, jardines, ciudades, hombres, mujeres, niños y ganado, en el que podía conservarlos en tan buen estado como el ámbar lo hace con los insectos. Ahora bien, este escabeche, por el sabor, el olor y la vista, parecía exactamente igual al que se usa comúnmente para la carne de vaca, la mantequilla y los arenques, y que así se emplea a menudo con mucho éxito, pero que, por sus muchas y excelentes virtudes, era una cosa muy diferente. Porque Pedro le añadía cierta cantidad de sus polvos de la madre Celestina, con los cuales el éxito quedaba asegurado. Tal operación se llevaba a efecto mediante aspersión, cuando la fase de la luna le era favorable. El objeto sometido al escabechado, si era una casa, quedaba infaliblemente protegido de arañas, ratas y comadrejas; si se trataba de un perro, quedaba exento de la sarna, la rabia y el hambre. También quitaba de modo infalible todas las costras, los piojos y la tiña de los niños, sin impedir nunca al paciente el cumplimiento de sus obligaciones, ya fuera en la cama o en la mesa.

Pero de todas las rarezas de Pedro, la que él valoraba más era cierta manada de toros, cuya raza, para su gran suerte, descendía en línea directa de los que habían guardado el vellocino de oro. Aunque había quienes, pretendiendo haberlos estudiado con curiosidad, dudaban de que la raza se hubiera conservado completamente pura, pues algunas de sus cualidades habían degenerado respecto a sus antepasados, y había adquirido otras, mediante mestizaje, un tanto extraordinarias. Se decía que los toros de la Cólquida tenían pezuñas de bronce, pero ya fuera debido a los malos pastos y a correr sueltos, o por impedir la intervención de otros padres y de clandestinas intrigas, o bien porque la debilidad de sus progenitores había disminuido su capacidad seminal, o porque su naturaleza original, en un inevitable declive durante un largo transcurso de tiempo, estaba ya degenerada en las últimas y pecaminosas épocas del mundo, sea cual fuere la causa, lo cierto es que los toros del señor Pedro tenían el metal de sus pezuñas sumamente estropeado por la herrumbre del tiempo, y ahora se había convertido en vulgar plomo. No obstante, se había conservado el terrible mugido peculiar de su linaje, como igualmente su facultad de arrojar fuego por las narices, a pesar de que muchos de sus detractores interpretaron esto como un artificio, en absoluto tan terrible como parecía, producto solo de su dieta habitual, que consistía en buscapiés y petardos. Sin embargo, tenían dos señales peculiares que los diferenciaban en extremo de los toros de Jasón, y que yo no he encontrado juntas en la descripción de ningún otro monstruo aparte de esta en Horacio:

Varias inducere plumas;

Atrum desinit in piscem.

Porque estos tenían colas de pez, pero ocasionalmente podían superar en el aire a cualquier ave. Pedro encargó a estos toros diversas tareas. A veces les hacía que mugiesen para asustar a los muchachos traviesos y que así se apaciguaran. Otras veces los enviaba a hacer recados de gran importancia, en los que, y es maravilloso contarlo (y tal vez el precavido lector pensaría mucho si creérselo), un *appetitus sensibilis* que derivaba de los nobles antepasados de su familia, guardianes del vellocino de oro les hacía seguir siendo tan adictos al oro que si Pedro los enviaba lejos, aunque solo fuera como formalidad, se ponían a bramar, a escupir, a eructar, a mear, a pedorrear, a destilar fuego y a dar una perpetua tabarra, hasta que uno les arrojaba un poco de oro; entonces, *pulveris exigui jactu*, se quedaban tranquilos y en calma como corderos. En resumen, ya fuese por secreta connivencia o por estímulo de su amo, o por su propio y lascivo deseo de oro, o por ambas cosas, lo cierto es que no eran mejores que una especie de pesados y fanfarrones pordioseros; y que allá donde no conseguían obtener una limosna, hacían que las mujeres abortasen y que se pusieran histéricos los niños, los cuales hasta hoy mismo suelen dar el nombre de bulderos a duendes y a trasgos. Finalmente se hicieron tan molestos para el vecindario que algunos caballeros del noroeste reunieron una jauría de auténticos bull-dogs ingleses y los acosaron de un modo tan terrible que lo estuvieron sintiendo el resto de sus días.

Tengo que mencionar necesariamente un proyecto más del señor Pedro que fue extraordinario y que le reveló como maestro de gran alcance y profunda inventiva. Cada vez que se condenaba a la horca a algún granuja de Newgate, Pedro le ofrecía el perdón a cambio de cierta cantidad de dinero, y, cuando el pobre bellaco había hecho todo lo posible por reunirla y enviarla, su señoría le mandaba un trozo de papel en el que se leía:

«A todos los alcaldes, alguaciles, carceleros, policías, agentes, verdugos, etcétera. Considerando que estamos informados de que A. B. sigue en vuestras manos, o en las de alguno de vosotros, sentenciado a muerte. Queremos y os ordenamos, a la vista de esta, que dejéis a dicho prisionero volver a su domicilio, tanto si está condenado por asesinato como por sodomía, violación, sacrilegio, incesto, traición, blasfemia, etcétera, para lo que este escrito debe ser suficiente garantía; y si no lo cumplierais, que Dios os maldiga a vosotros y a los vuestros por toda la eternidad. Y con esto nos despedimos cordialmente.

Vuestro más humilde hombre entre los hombres

Pedro, Emperador».

Los desdichados, confiados, perdieron sus vidas además de su dinero.

Yo deseo que aquellos a quienes los sabios de la posteridad designen como comentaristas de este elaborado tratado procedan con gran precaución sobre ciertos puntos oscuros, donde todos los que no sean vere adepti pueden correr el peligro de extraer conclusiones temerarias y apresuradas, especialmente en algunos párrafos misteriosos, donde, en aras de la brevedad, se han añadido ciertos arcana, que habrán de comentarse separadamente. Y estoy seguro de que los futuros hijos de ese arte agradecerán en mi memoria ese innuendo tan grato y provechoso.

No me será difícil persuadir al lector de que tantos y tan valiosos descubrimientos obtuvieron un gran éxito en el mundo, aunque puedo asegurarles justamente que he hecho mención del más breve número de ellos; mi intención ha sido la de escoger solamente los que serían de mayor beneficio en su pública imitación, o los que mejor servirían para dar una idea de la grandeza y el ingenio de su inventor. Y por lo tanto no sería necesario preguntarse si por estas fechas el señor Pedro se había hecho sumamente rico. Pero, por desgracia, se había devanado los sesos tanto tiempo y con tal violencia que acabó por desvariar, y empezó a dar vueltas buscando un poco de alivio. En resumen, que con toda su soberbia, sus propósitos y su bellaquería, el pobre Pedro se volvió un perturbado y empezó a concebir las más extrañas fantasías del mundo. En lo más culminante de sus ataques, como suele ocurrir con los que se vuelven locos debido a la soberbia, se llamaba a sí mismo Dios Todopoderoso, y a veces monarca del universo. Yo le he visto (me dice mi autor) tomar tres viejos sombreros de copa alta y encasquetárselos todos en la cabeza, formando tres pisos, con un gran manojo de llaves en su cintura y una caña de pescar en la mano. De esta guisa, a quienquiera que fuera a darle la mano a modo de saludo, Pedro, con mucha elegancia, como un spaniel bien amaestrado, le ofrecía el pie, y si el tipo le rechazaba esa cortesía, levantaba ese pie y le daba una buena patada en la boca, lo que desde entonces ha sido llamado una salutación. A los que pasaran ante él sin ofrecerle los debidos cumplidos, como tenía una formidable capacidad pulmonar, les lanzaba un soplido que les quitaba el sombrero y se lo tiraba al suelo. Mientras tanto, sus asuntos domésticos iban de mal en peor y sus dos hermanos llevaban una vida desdichada; aquí su primera boutade fue la de echar a la calle una mañana a sus dos esposas, y a la suya también; y dio órdenes de poner en su lugar a las tres primeras paseantes con las que pudieran encontrarse por las calles. Un rato después cerró la puerta de la bodega con clavos y no permitió a sus hermanos que tomasen ni una gota de bebida en las comidas. Un día que cenaba en casa de un concejal de la ciudad, Pedro observó cómo se extendía en elogios, al modo de sus correligionarios, sobre el solomillo de vaca. «La vaca», decía el docto magistrado, «es la reina de las carnes, pues la vaca comprende la quintaesencia de la perdiz, de la codorniz, del venado, del faisán, del pastel de ciruelas y de las natillas». Cuando Pedro volvió a casa tuvo el capricho de llevar esa doctrina a la práctica y de aplicar el precepto, a falta de un solomillo, a su hogaza de pan moreno. «El pan», decía, «queridos hermanos, es el báculo de la vida, en el cual está contenida la quintaesencia de la carne de vaca, del cordero, de la ternera, del venado, de la perdiz, del pastel de ciruelas y de las natillas; y, para completarlo todo, hay en él entremezclada una debida cantidad de agua, cuya insulsez está corregida a su vez por levaduras, mediante las cuales se convierte en un saludable licor fermentado que se difunde a través de toda la masa del pan». Basándose en estas conclusiones, al día siguiente se sirvió en la cena el pan moreno con toda la formalidad de un banquete cívico. «Venid, hermanos», dijo Pedro, «comed y saciaos, tenemos aquí un cordero excelente; o esperad, ahora que lo tengo a mano, os ayudaré». Y diciendo esto, con mucho ceremonial, con cuchillo y tenedor, cortó dos buenas rebanadas de la hogaza y se las ofreció sobre un plato a sus hermanos. El mayor de los cuales, al no entender bien la idea del señor Pedro, trató de indagar en aquel misterio dirigiéndose a él con muy cortés lenguaje. «Mi señor», dijo, «con la mayor humildad, dudo si no hay aquí algún error». «¡Cómo!», dijo Pedro, «tú bromeas; vamos, cuéntanos ese chiste que tienes en la cabeza». «No lo hay, mi señor, pero a menos que esté yo muy engañado, su señoría se ha servido utilizar hace un momento la palabra cordero, y a mí me gustaría verlo de todo corazón». «¡Cómo!», dijo Pedro, mostrando gran sorpresa. «No comprendo esto en absoluto». Ante lo cual, el hermano menor, para aclarar las cosas, intervino: «Mi señor», dijo, «supongo que mi hermano tiene hambre y está deseando disfrutar del cordero que su señoría nos prometió para cenar». «Os ruego», dijo Pedro, «que me toméis en serio; o bien estáis los dos locos, o dispuestos a más bromas de lo que puedo admitir; si no os gusta el trozo que os he dado, os cortaré otro, aunque yo diría que es la mejor porción de la paletilla». «Entonces, mi señor», replicó el primero, «¿acaso seguimos aún ante una paletilla de cordero?». «Os ruego, señor», dijo Pedro, «que comáis vuestras vituallas y os dejéis de impertinencias, si os place, pues ahora no estoy dispuesto a disfrutarlas». Pero el otro no pudo contenerse, al sentirse más que provocado por la afectada seriedad de la expresión de Pedro: «Por Dios, mi señor», dijo, «solo puedo decir que para mis ojos, mis dedos, mis dientes y mi nariz, no parece ser otra cosa que un mendrugo de pan». A lo que añadió el segundo: «Nunca en mi vida había visto un trozo de cordero que se pareciera tanto a una rebanada de una hogaza de doce peniques». «Alto ahí, caballeros», exclamó furioso Pedro, «para convenceros de qué pareja de cachorros ciegos, ingenuos, ignorantes y testarudos sois, usaré este sencillo argumento: por Dios que este es un cordero auténtico, bueno y natural como cualquier otro de los del mercado de Leadenhall; y que Dios os confunda eternamente si perseveráis en creer otra cosa». Tan tremenda prueba como esa no dejaba lugar a más objeciones; los dos descreídos empezaron entonces a desdecirse de su error tan rápidamente como pudieron. «Ciertamente», dijo el primero, «tras considerarlo con más sosiego…». «Ah, sí», le interrumpió el otro, «pensándolo mejor, su señoría parece tener bastante razón». «Muy bien, muchacho», dijo Pedro, «lléname con clarete este vaso de cerveza; brindo por vosotros con todo mi corazón». Los dos hermanos, encantados de verle apaciguado con tanta rapidez, le dieron las gracias humildemente y dijeron que tendrían mucho gusto en brindar por su señoría. «Que así sea», dijo Pedro, «no soy persona que os vaya a rechazar nada que sea razonable: el vino, bebido con moderación, es reconfortante; aquí tenéis un vaso para cada uno: es auténtico jugo natural de la vid, nada de esos destilados de vuestros malditos vinateros». Tras decir esto, volvió a ofrecerles a cada uno de ellos otro gran mendrugo seco, pidiéndoles que lo comieran y no fueran tímidos, puesto que no les iba a hacer daño. Los dos hermanos, tras cumplir con el procedimiento habitual en tan delicadas coyunturas, es decir, mirar fijamente durante el tiempo suficiente al señor Pedro y luego el uno al otro, y sopesando cómo iban a sucederse las cosas, decidieron no dar lugar a una nueva discusión, sino que dejaron que siguiera su punto de vista como le placiera, ya que ahora se encontraba en uno de sus ataques de locura, y seguir argumentando o protestando solo serviría para volverlo cien veces más intratable.

He elegido relatar este importante asunto con todos sus pormenores porque el mismo fue motivo principal de la gran y famosa ruptura que tuvo lugar por aquel tiempo entre los hermanos y que ya nunca fue reparada. Pero de esto ya trataré extensamente en otra sección.

Sin embargo, es cierto que el señor Pedro, en el transcurso de su conversación corriente, incluso en sus intervalos lúcidos, era muy dado a ser procaz y extremadamente testarudo y obcecado, pretendiendo a cualquier precio discutir hasta la muerte antes que admitir ni una sola vez que estaba equivocado. Además, tenía la abominable facultad de decir mentiras manifiestas en cualquier ocasión, y no solo jurando que eran verdad sino mandando al infierno a todo el mundo si se le demostraba el menor escrúpulo en creerlo. Una vez juró que tenía una vaca en casa que le proporcionaba tanta leche como para llenar tres mil iglesias; y, lo que era aún más extraordinario, que nunca se agriaba. Otra vez habló de un viejo poste indicador que perteneció a su padre y contenía madera y clavos suficientes para construir dieciséis naves de guerra. Un día que se hablaba de carretas chinas que por su ligereza podían sobrevolar montañas, dijo Pedro: «Pardiez, ¿qué hay de extraño en eso? Juro por Dios que una vez vi una gran casa de piedra y cal trasladarse sobre mar y tierra (que a veces se detenía para avituallarse) a lo largo de más de dos mil leguas alemanas». Y lo bueno del caso es que mientras tanto juraba desesperadamente que nunca en su vida había dicho una mentira; y no paraba de decir: «Juro por Dios, caballeros, que no estoy contando más que la verdad, y que el diablo aplique el fuego eterno a quienes no me crean».

En resumen, Pedro se volvió tan escandaloso que todo el vecindario comenzó a decir sin disimulo que era poco menos que un bellaco. Y sus dos hermanos, hartos desde hacía tiempo de sus abusos, decidieron finalmente abandonarlo; pero primero solicitaron humildemente una copia del testamento de su padre, que para entonces hacía tiempo que tenían olvidado. En lugar de atender esta reclamación, les llamó malditos hijos de puta, canallas, traidores y demás denuestos de los que pudo echar mano. No obstante, un día que estaba fuera de casa con sus proyectos, los dos jóvenes, al acecho de la oportunidad, consiguieron hacerse con el testamento, e hicieron de él una copia vera, mediante la cual pronto comprobaron cuán burdamente se había abusado de ellos, al haberles designado su padre herederos por igual, y mandándoles estrictamente que todo lo que heredaban siguiera siendo de los tres en común. En consecuencia su siguiente paso fue el de reventar la puerta de la bodega y echar un buen trago para fortalecer y reconfortar su espíritu. Al hacer la copia del testamento se encontraron con otro precepto en contra del puterío, del divorcio y de la separación conyugal, tras lo cual, su siguiente paso fue el de deshacerse de sus concubinas y mandar regresar a sus esposas. En medio de toda esta agitación apareció un procurador de Newgate para solicitar que el señor Pedro se dignase pedir el indulto de un ladrón que iba a ser ahorcado al día siguiente. Pero los dos hermanos le dijeron que era un petimetre si buscaba perdones de alguien que merecía ser colgado con más motivo que su cliente, y le descubrieron todo el método de su impostura del mismo modo que yo lo he hecho hace un momento, aconsejando al procurador que tratara de obtener para su amigo el perdón del rey. Y en medio de toda esta confusión y desbarajuste, hete aquí que llega Pedro seguido por una columna de dragones, y al darse cuenta de lo que estaba pasando, él y su cuadrilla, después de millones de groserías y maldiciones, que no es muy importante repetir aquí, pusieron a fuerza de puntapiés en la calle a los dos hermanos, a los que no dejó volver bajo su techo hasta el día de hoy.

Sección V. Una digresión a la manera moderna

Nosotros, a los que el mundo se complace en honrar con el título de autores modernos, jamás hubiéramos sido capaces de alcanzar nuestro gran propósito de ser eternamente recordados y conseguir una fama imperecedera si nuestros empeños no hubieran sido tan sumamente beneficiosos para el bien general de la humanidad. Este, ¡oh universo!, es el aventurado intento de mi persona, tu secretario:

... Quemvis perferre laborem

Suadet, et inducit noctes vigilare serenas.

Con este fin, desde hace algún tiempo y con infinidad de esfuerzo y de artes, he diseccionado el cadáver en que consiste la naturaleza humana y leído múltiples lecturas útiles sobre sus diversas partes, tanto de las continentes como de las contenidas, hasta que finalmente olía tan mal que no pude conservarlo más tiempo. A raíz de ello me he dedicado con ahínco a hacer que encajaran todos los huesos en su exacto contexto y con la debida simetría; de manera que estoy preparado para mostrar una completa anatomía de lo estudiado a todos los caballeros con interés en ello, así como a otros. Pero para no hacer una digresión adicional en medio de otra, como he sabido que hacen algunos autores, que encadenan digresiones como cajas dentro de otras, afirmo que, habiendo hecho la cuidadosa disección de la naturaleza humana me he encontrado con un muy extraño, nuevo e importante descubrimiento: que el bien público de la humanidad puede ejercerse de dos maneras: mediante la instrucción y mediante la diversión. Y además he comprobado, en las diversas lecturas mencionadas (que tal vez pueda el mundo ver un día si soy capaz de que algún amigo robe una copia o que ciertos caballeros, de entre mis admiradores, sean muy insistentes), que, dada la actual predisposición del género humano, este recibe mucho mayor provecho cuando se le divierte que cuando se le instruye, al ser sus enfermedades epidémicas la quisquillosidad, la amorfia y el bostezo, en tanto que en el presente imperio universal del ingenio y el conocimiento parece haber quedado poca sustancia para la instrucción. Sin embargo, siguiendo una recomendación muy antigua y autorizada, he intentado llevar el argumento hasta su máxima expresión, y en consecuencia, a lo largo de este tratado celestial, he combinado hábilmente ambos conceptos, alternando una capa de utile con otra capa de dulce.

Cuando vengo a considerar cuán brillantemente han eclipsado nuestros ilustres modernos las débiles y trémulas luces de los antiguos, situándolos fuera de la ruta de todo comercio a la moda, hasta el punto de que los mejores ingenios de nuestra ciudad, los de obras más refinadas, discuten con total seriedad si alguna vez ha habido o no antiguos, aspecto este en el que probablemente obtendremos cumplida satisfacción fruto de los utilísimos esfuerzos y elucubraciones de ese honorable moderno, el doctor Bentley; como digo, cuando considero todo esto, no puedo menos que lamentar que ningún moderno famoso haya ideado hasta hoy, en un pequeño volumen portátil, un sistema universal de todas las cosas que hay que conocer, o creer, o imaginar, o practicar en la vida. No obstante, tengo que reconocer que semejante empresa ya la pensó hace algún tiempo un gran filósofo de O-Brazile. El método que proponía, basado en cierta curiosa receta, era una panacea que yo encontré entre sus papeles tras su intempestiva muerte, y que, llevado por mi gran afecto por los sabios modernos, ofrezco aquí a estos, al no dudar de que algún día pueda estimular a alguien digno de llevarlo a la práctica.

Toma unas copias correctas y en limpio, bien encuadernadas en vitela y rotuladas en el lomo, de todos los cuerpos doctrinales modernos de cualesquiera artes y ciencias, y en la lengua que te guste. Lo destilas todo in balno Mariae, añadiendo quintaesencia de amapola Q. S., junto con tres pintas de (agua del) Leteo, que puede adquirirse en las boticas. Luego se limpia cuidadosamente de sordes y de caput mortuum, dejando evaporar todo lo que es volátil. Conservar solo la primera destilación, que habrá de destilarse de nuevo diecisiete veces, hasta que lo que quede sea aproximadamente dos dracmas. Se guardará esto en una redoma de cristal, herméticamente sellada, durante veintiún días. Entonces tienes que empezar con tu tratado universal, tomando cada mañana en ayunas, tras agitar primero la redoma, tres gotas de este elixir, aspirándolo enérgicamente por la nariz. Se expandirá por el cerebro (donde lo haya) en catorce minutos, e inmediatamente percibirás en tu cabeza un número infinito de sinopsis, sumarios, compendios, extractos, colecciones, resúmenes, excerpta quaedams, florilegias y cosas por el estilo, todas dispuestas en gran orden y trasladables al papel.

Tengo que admitir que fue gracias a la ayuda de ese arcano como me aventuré a una empresa tan arriesgada, nunca antes lograda o emprendida, salvo por un autor llamado Homero, en quien, a pesar de ser persona que no carecía de algunas capacidades y, para ser un antiguo, de un talento tolerable, he descubierto muchos errores de bulto que no pueden perdonarse ni a sus cenizas, si acaso queda algo de ellas. Porque si bien se nos asegura que diseñó su obra de modo que formara un cuerpo completo de todo el conocimiento, ya fuera humano, divino, político o mecánico, es patente que desatendió por completo algunos de ellos, y que fue un tanto imperfecto con el resto. Pues, en primer lugar, si era tan eminente cabalista como sus discípulos nos lo representan, su exposición del opus magnum es sumamente pobre y deficiente, parece haber leído solo superficialmente a Sendivogius, a Behmen o la Antroposofía Teomágica. También está bastante equivocado respecto a la sphaera pyroplastica, un descuido imperdonable; y si el lector va a admitir tan grave reprobación vix crederem autorem hunc, unquam audivisse ignis vocem. Sus fallos son no menos prominentes en diversas partes de la mecánica, pues después de haber leído sus escritos con la máxima dedicación, habitual entre los ingenios modernos, jamás pude descubrir la menor explicación sobre la estructura de ese útil instrumento que es la palmatoria, a falta del cual, si los modernos no nos hubieran asistido, podríamos seguir deambulando en la oscuridad. Pero todavía me queda un fallo aún más notable con el que señalar a este autor; me refiero a su gran ignorancia de las leyes consuetudinarias de este reino, y de la doctrina y disciplina de la Iglesia de Inglaterra. Un defecto por el que ciertamente tanto él como todos los antiguos han sido muy justamente censurados por mi digno e ingenioso amigo míster Wotton, licenciado en Teología, en su incomparable Tratado de Conocimiento Antiguo y Moderno, un libro nunca suficientemente valorado, si tenemos en cuenta las felices expresiones y la fluidez del ingenio de su autor, la gran utilidad de sus sublimes descubrimientos en materia de moscas y de baba, o la elaborada elocuencia de su estilo. Y no puedo menos que hacer justicia a este autor con mi público reconocimiento a la gran ayuda y las excelencias que he obtenido de su incomparable obra mientras estaba escribiendo este tratado.

Pero además de estas omisiones de Homero ya citadas, el lector curioso podrá observar también varios defectos en los escritos de este autor, de los que no es enteramente responsable. Porque si bien todas las ramas del saber han recibido maravillosos enriquecimientos desde su época, especialmente en estos últimos tres años, más o menos, es casi imposible que fuera tan versado en descubrimientos modernos como pretenden sus defensores. Sin reserva alguna lo reconocemos como inventor de la brújula, de la pólvora y de la circulación de la sangre, pero desafío a cualquiera de sus admiradores a que me muestre, entre todos sus escritos, una explicación completa del bazo. ¿Y acaso no nos deja también sin saber nada sobre el arte de la apuesta política? ¿Puede haber algo más insuficiente e insatisfactorio que su larga disertación sobre el té? Y en cuanto a su método de salivación sin mercurio tan celebrada últimamente es algo, según mi propio conocimiento y experiencia, en lo que se debe confiar muy poco.

Ha sido para reparar estas carencias trascendentales para lo que se me ha convencido, tras largos requerimientos, de que tome en mi mano la pluma; y me atrevo a prometer que el juicioso lector nada verá aquí desatendido que pueda serle útil para cualquier emergencia de la vida. Estoy seguro de haber incluido y agotado todo a lo que la imaginación humana puede elevarse o precipitarse. En particular, recomiendo a los doctos la lectura atenta de ciertos descubrimientos que otros han desatendido totalmente, y de los que solo mencionaré, entre muchos otros, mi nuevo manual para superficiales, o el arte de ser profundamente culto leyendo por encima, un curioso invento para atrapar ratones, una regla universal de razonamiento o para ser cada hombre escultor de sí mismo, junto a un aparato sumamente útil para la caza de lechuzas. Todo lo cual lo encontrará el juicioso lector ampliamente tratado en las diversas partes de este discurso.

Me veo obligado a arrojar toda la luz posible sobre las bellezas y excelencias de lo que estoy escribiendo, puesto que hacerlo así se ha convertido en la moda y la actitud más aplaudidas entre los autores de esta época refinada y culta, cuando quieren corregir el mal carácter de los lectores críticos o colmar la ignorancia de los lectores corteses. Además, se han publicado últimamente varias obras famosas, en verso y en prosa, en las que, si los escritores no se hubiesen dignado, movidos por su gran humanidad y afecto al público, darnos el grato detalle de lo sublime y lo admirable que contienen, hay mil probabilidades contra una de que no hubiéramos encontrado ni rastro de ambas cualidades. En cuanto a mí en particular, no puedo negar que lo que llevo dicho sobre el asunto hubiera encajado mejor en un prólogo, algo más de acuerdo con la moda que habitualmente lo dirige hacia allí. Pero ahora creo que me ciño a este gran y honroso privilegio de ser el último escritor: reclamo el derecho de absoluta autoridad, al ser el más reciente de los modernos, lo que me otorga un poder despótico sobre todos los autores anteriores a mí. En virtud de cuyo título desapruebo totalmente y me declaro en contra de esa perniciosa costumbre de hacer del prólogo un menú del libro. Pues siempre he considerado como el colmo de la indiscreción, entre los feriantes que exhiben monstruos y otras visiones extrañas, colgar fuera, sobre la puerta, un gran cuadro en el que se les representa a tamaño natural con la más elocuente descripción al pie. Esto me ha ahorrado muchas veces los tres peniques, ya que mi curiosidad había quedado plenamente satisfecha y no me apetecía entrar, a pesar de que repetidamente era invitado a ello por el apremiante orador de turno y su firme e incitante pieza retórica final: «Señor, le doy mi palabra de que estamos a punto de empezar». Ese es exactamente el destino actual de los prefacios, epístolas, advertencias, introducciones, prolegómenos y aparatos críticos para el lector. Este recurso fue admirable en un principio; nuestro gran Dryden lo ha venido utilizando tanto como ha podido, y con un éxito increíble. A menudo me ha comentado de manera confidencial que el mundo nunca habría sospechado lo gran poeta que era si él no les hubiera asegurado tan frecuentemente en sus prólogos que era imposible que pudieran dudarlo u olvidarlo. Tal vez sea así; sin embargo, mucho me temo que sus enseñanzas no hayan caído precisamente en campo abonado, y que enseñaron a los hombres a ser más sabios en ciertos puntos en los que él nunca pretendió que lo fueran; pues es lamentable contemplar con qué perezoso desdén muchos de los bostezantes lectores de nuestra época se saltan hoy más de cuarenta o cincuenta páginas de prefacio y dedicatoria (que es su habitual extensión moderna) como si todo estuviera en latín. Aunque, por otra parte, también debe reconocerse que hay una cantidad muy considerable de otros, conocidos por aventajar a críticos y a hombres de ingenio, y que no leen otra cosa. Creo que todos los lectores de hoy pueden dividirse justamente en uno de los dos grupos. En lo que a mí respecta, confieso ser del primer grupo, y por lo tanto al tener la moderna propensión a extenderme sobre la belleza de mis creaciones y a exhibir los pasajes brillantes de mi discurso, pensé que lo mejor era hacerlo en el cuerpo de la obra, donde, tal como está ahora, constituye un incremento muy considerable de la corpulencia del volumen, circunstancia que en modo alguno debe despreciarse por un escritor de talento.

Así, al haber cumplido con mi debida deferencia y reconocimiento a una costumbre establecida por nuestros más recientes autores, la de una larga digresión no requerida y una censura universal no provocada, y al sacar a la luz, con mucho esfuerzo y destreza, mis propias excelencias y los defectos de otros hombres, con gran justicia hacia mí mismo y con franqueza hacia ellos, reanudo ahora felizmente mi relato, para infinita satisfacción tanto del lector como del autor.

Sección VI. Historia de un barril

Habíamos dejado al señor Pedro en plena ruptura con sus hermanos, expulsados ambos de su casa para siempre y abandonados al ancho mundo, con poco o nada en lo que confiar. Unas circunstancias que les hacen adecuados para ser objeto de la caritativa pluma de un escritor; las escenas de miseria siempre suministran una buena cosecha de grandes aventuras. Y es en eso donde la gente puede percibir la diferencia que hay entre la integridad de un autor generoso y la de un amigo corriente. Se ha observado que este se mantiene muy cercano en tiempos de prosperidad, pero que se distancia rápidamente cuando la fortuna es adversa, mientras que el autor generoso, justo al contrario, encuentra a su protagonista en el estercolero, desde donde gradualmente lo va encumbrando hasta un trono, y entonces él inmediatamente desaparece, esperando nada más que el agradecimiento por su esfuerzo; a imitación de este ejemplo, he situado al señor Pedro en una noble mansión, le he dado un título que ostentar y un dinero que gastar. Allí lo dejaré por algún tiempo, para volver a donde me lleva la simple caridad, en ayuda de sus dos hermanos, sumidos en la más baja de las situaciones. Sin embargo, no olvidaré de ninguna manera mi condición de historiador a la hora de perseguir la verdad paso a paso, suceda lo que suceda, y adondequiera que me lleve.

Los dos exiliados, tan estrechamente unidos en la fortuna y en los intereses, tomaron juntos un alojamiento, donde, en su primer momento de sosiego, comenzaron a reflexionar acerca de las incontables desventuras y vejaciones de su pasada vida, pero, al principio, no eran capaces de explicarse a qué fallo de su conducta debían atribuirlas; después de esforzarse por recapitular, se acordaron de la copia del testamento de su padre, que tan afortunadamente habían recuperado. Así que procedieron de inmediato y tomaron entre los dos la firme resolución de modificar todo lo que ya estaba mal interpretado y limitar todas sus futuras actuaciones a la más estricta observancia allí prescrita. La parte principal del testamento (como el lector no puede haber olvidado fácilmente) consistía en ciertas reglas admirables sobre el modo de vestir sus casacas; tras cuya atenta lectura, los dos hermanos, al comparar la doctrina frase a frase con la práctica, no habían visto nunca una mayor diferencia entre esas dos cosas: en cada punto se trataba de horrorosas y manifiestas transgresiones. Ante lo cual, ambos decidieron, sin más dilación, dedicarse a reproducir exactamente el conjunto según el modelo dictado por su padre.

Pero está bien detener aquí al lector apresurado, siempre impaciente por ver el final de una aventura antes de que los escritores le puedan preparar debidamente para ello. He de señalar que estos dos hermanos habían empezado a ser distinguidos por entonces con ciertos nombres. Uno de ellos deseaba ser llamado Martín, y el otro tomó el nombre de Juan. Los dos habían vivido en buena amistad y concordia bajo la tiranía de su hermano Pedro, como es propio del talante de compañeros de fatigas; los hombres infortunados son como los hombres que viven en la oscuridad, para quienes todos los colores son el mismo, pero cuando se presentaron ante el mundo y empezaron a mostrarse a la luz y ante sí mismos, su naturaleza resultó ser extremadamente diferente, como la situación de sus asuntos pronto les hizo descubrir.

Pero aquí el severo lector podría en justicia tacharme de escritor con mala memoria, un defecto al que necesariamente un auténtico moderno no puede menos que estar un poco sometido; puesto que al consistir la memoria en un empleo de la mente respecto a cosas pasadas, es una facultad que los sabios de nuestra época no encuentran ocasión de ejercer, ocupados plenamente con las invenciones, y apartan de sí mismos todas las cosas, o hacen que colisionen entre ellas; basándonos en esto creemos que es sumamente razonable aducir nuestra falta de memoria como argumento incontestable de nuestro gran ingenio. Siendo metódico, yo debería haber informado al lector, hace unas cincuenta páginas, del capricho que adquirió el señor Pedro, y que transmitió a sus hermanos, de llevar en sus casacas cuantos adornos se ponían de moda, y que no se quitaban cuando dejaban de estarlo, sino que los conservaban todos puestos, lo que con el tiempo daba lugar a la miscelánea más extravagante que pueda concebirse; y ello hasta un grado que, en los tiempos de su pelea, apenas había una hebra de la casaca original que pudiera verse, sino una cantidad infinita de lazos, de cintas, de flecos, de bordados y de cordones. Y me refiero solo a los cosidos con hilo de plata, pues los demás se desprendieron. Pues bien, la buena suerte ha querido que esta circunstancia, habiendo sido olvidada en su momento, venga ahora muy oportunamente al caso, cuando los dos hermanos se disponen a reformar su vestimenta para devolverla a su primitivo estado prescrito en el testamento de su padre.

Ambos se dispusieron de mutuo acuerdo a emprender esa gran obra, mirando unas veces sus casacas y otras veces el testamento. Martín fue el primero en entrar en acción: de un tirón arrancó un buen puñado de bodoques, y, de un segundo tirón, arrancó diez docenas de yardas de flecos. Pero, llegado a este punto, se contuvo un instante: sabía muy bien que le quedaba aún mucha tarea por hacer; sin embargo, superado el primer ardor, su violencia comenzó a enfriarse, y decidió proceder con el resto del trabajo de una manera más moderada, tras haber evitado por muy poco un buen desgarrón, al tirar de los cordones que (como se ha apuntado antes), con mucha sagacidad, el prudente artesano había cosido con doble hilo de plata para evitar que se cayeran. Como había decidido eliminar de la casaca una gran cantidad de encajes de oro, fue quitando las puntadas con mucho cuidado, recogiendo al mismo tiempo diligentemente todos los hilos sueltos, lo cual resultó ser un arduo cometido. Luego tuvo que emplearse con los bordados de figuras indias de hombres, mujeres y niños, contra las cuales, como habéis sabido a su debido momento, el testamento del padre era sumamente exacto y severo; las mismas, tras mucha destreza y aplicación, quedaron erradicadas o muy desfiguradas al cabo de un rato. En cuanto a lo demás, donde veía que los bordados eran tan tupidos que no se podían eliminar sin dañar el tejido, o donde servían para ocultar o subsanar algún defecto de la casaca, producido por la continua manipulación de los operarios, llegó a la conclusión de que lo más prudente era dejarla estar, resolviendo que de ningún modo fuera a dañarse la sustancia del tejido; lo cual creyó que era el mejor método de cumplir con la verdadera intención y el significado del testamento de su padre. Y esto es lo más aproximado que he sido capaz de averiguar acerca del proceder de Martín en esta gran revolución.

Pero su hermano Juan, cuyas peripecias serán tan extraordinarias como para ocupar una gran parte de lo que queda de esta disertación, entró en escena con otros pensamientos y un espíritu un tanto diferente. Pues el recuerdo de los daños infligidos por el señor Pedro provocaron en él un grado de odio y despecho que tenía más fuerza que cualquier consideración hacia los mandatos de su padre, ya que estos, en el mejor de los casos, aparecían como secundarios y subordinados a aquellos. No obstante, consciente de esta mezcla de sentimientos, procuró encontrarle un nombre plausible, dándole el honroso título de «celo», que es quizá la palabra más significativa que haya sido jamás inventada en una lengua, como creo que ya he demostrado plenamente en mi excelente discurso analítico sobre este tema, del que he deducido un informe histórico-teo-fisiológico del celo, señalando cómo primero fue un concepto y pasó a ser una palabra, y de ahí, en un caluroso verano, se convirtió en una sustancia tangible. Esta obra, que abarca tres amplios volúmenes en folio, pienso publicarla en breve mediante el moderno método de suscripción, y no dudo que la nobleza y la alta burguesía del país me animarán todo lo que puedan, al haber ya degustado antes lo que soy capaz de hacer.

Que conste, por lo tanto, que el hermano Juan, rebosante de esta milagrosa mezcla, pensando con indignación en la tiranía de Pedro, e incitado además por el desengaño de Martín, tomó sus resoluciones en consecuencia.

«¡Cómo!», dijo, «¡un bribón que cerró con llave la bodega, echó de casa a nuestras mujeres, nos estafó y nos dejó sin nuestros bienes, nos escamoteó el cordero con sus malditos mendrugos y al final nos puso en la calle a patadas! ¿Vamos a seguir sus modas cogiendo la sífilis? ¿A un granuja, además, al que increpan por las calles?». Habiéndose mostrado así de encendido e inflamado, y, por consiguiente, con el delicado temple requerido para emprender una reforma, se puso inmediatamente manos a la obra, y en tres minutos despachó más de lo que lo había hecho Martín en otras tantas horas. Porque, cortés lector, debes entender que el celo nunca es tan efectivo como cuando se emplea para desgarrar algo, y Juan, que tenía predilección por esa cualidad, esta vez la empleó a pleno rendimiento. Y así sucedió que, al deshacer una parte del encaje de oro con demasiado ímpetu, rasgó el cuerpo principal de su casaca de arriba abajo; y como no tenía un especial talento a la hora de dar una puntada, no se le ocurrió un mejor remedio que volver a zurcirla con un cordel y una broqueta. Pero la cosa fue todavía infinitamente peor (lo expongo con lágrimas en los ojos) cuando siguió con los bordados, pues siendo torpe por naturaleza y de carácter impaciente, observando además que aquellos millones de puntadas requerían de la mano más hábil y del temperamento más sosegado para soltarlas, desgarró enrabietado toda la pieza, tela y todo, y la arrojó al sumidero, y continuó enfurecido su tarea diciendo: «¡Ay, mi buen hermano Martín, haz como yo, por el amor de Dios: arranca, desgarra, tira, rasga y desuella todo, para que nos mostremos lo más distintos posible de ese canalla de Pedro! Ni por cien libras permitiría que se viera en mí la menor señal que pudiera hacer sospechar a los vecinos de mi parentesco con semejante granuja». Pero Martín, quien parecía entonces ser mucho más flemático y apacible, rogó a su hermano, encarecidamente, que no dañara su casaca de ninguna manera, pues nunca volvería a tener otra igual; le pidió también que tuviera en cuenta que no les correspondía proceder con sus actos en función de lo hecho por Pedro sino por observar los mandatos establecidos en el testamento paterno. Y que debía recordar que Pedro seguía siendo hermano de ambos, cualesquiera que fuesen las faltas o daños que hubiera cometido, y que, por lo tanto, deberían evitar, por todos los medios, pensar en tomar medidas, para bien o para mal, motivadas solamente por su oposición a él. Que era cierto que el testamento de su buen padre era muy estricto en lo tocante a vestir sus casacas, pero que no era menos punitivo y estricto al prescribir concordia, amistad y afecto entre ellos. Y que, por lo tanto, si era dispensable forzarlo en algún punto sería mejor que lo fuera en favor de la unidad que en incremento de la contradicción.

Martín había proseguido en el mismo tono de grave disposición con que había comenzado, y sin duda habría pronunciado un admirable sermón moralizante, que habría contribuido extraordinariamente al reposo tanto de cuerpo como de mente de mis lectores, que es el verdadero y definitivo fin de la ética. Pero el límite de la paciencia de Juan había sido rebasado. Y lo mismo que en las disputas escolásticas nada fomenta tanto el mal humor del oponente como esa especie de calma pedante y afectada del que le responde, siendo por lo general los litigantes como las balanzas desequilibradas, donde la gravedad de un lado facilita la ligereza del otro, provocando que suba hasta tropezar con el astil, así sucedió aquí con el peso de los argumentos de Martín, que exaltó la ligereza de Juan, haciéndole saltar, y desdeñando la moderación de su hermano. En suma, la paciencia de Martín enfureció a Juan, pero lo que más le afligió fue ver la casaca de su hermano tan bien reducida a su estado de inocencia, en tanto que la suya estaba o desgarrada hasta la camisa o, allí donde se había librado de sus crueles tirones, como la librea de Pedro. Así que parecía un petimetre borracho, medio desvalijado por matones, o como un nuevo arrendatario de Newgate que se hubiera negado al pago de la extorsión, o un ratero sorprendido con las manos en la masa dejado a merced de las tenderas, o como una alcahueta en sus viejas enaguas de terciopelo entregada al brazo secular de la turba. Como cualquiera de estos, o como todos ellos, una mezcla de harapos, encajes, rasgones y flecos, así aparecía ahora el desventurado Juan: se hubiera puesto más que contento de ver su casaca en las mismas condiciones que la de Martín, pero infinitamente más contento de ver la de Martín en las mismas condiciones que la suya. Sin embargo, puesto que ninguno de los dos casos tenía probabilidades de ir a ser reales, juzgó conveniente darle la vuelta a todo el asunto y hacer de la necesidad virtud. Así que, después de recurrir a todos los argumentos de zorro que pudo para llevar a Martín a la razón —como él la llamaba— o a su misma condición harapienta y rabicorta —como pretendía—, y comprobando que lo que decía era inútil, ¿qué otra cosa, lamentablemente, le quedaba al desolado Juan por hacer sino, tras un millón de injurias contra su hermano, volverse loco de melancolía, despecho y contrariedad? Para resumir, aquí comenzó una ruptura mortal entre los dos. Juan se fue de inmediato a un nuevo alojamiento y a los pocos días se daba por cierto el rumor de que había perdido la cordura. Poco tiempo después se le vio por la calle y se confirmó ese rumor, al caer en las más raras extravagancias jamás concebidas por un cerebro enfermo.

Y entonces los chiquillos de la calle comenzaron a saludarlo con diversos nombres. Unas veces le llamaban Juan el Calvo, otras veces Juan el Linterna, otras Juan el Holandés, otras Hugo el Francés, otras Tomás el Mendigo, y otras Juan el Aldaba del Norte. Y fue bajo uno de estos apelativos, o alguno de ellos, o todos (lo cual dejo que determine el docto lector), con el que dio origen a la muy ilustre y epidémica secta de los eolistas, quienes, con honroso recuerdo, reconocen todavía hoy al renombrado Juan como a su autor y fundador. De cuyos orígenes, así como de sus principios, voy a adelantarme ahora para complacer al mundo con una exposición muy especial.

Melleo contingens cuncta lepore.

Sección VII. Digresión en elogio de las digresiones

A veces he oído hablar de una Ilíada metida dentro de una cáscara de nuez, pero he tenido la fortuna de haber visto mucho más a menudo una cáscara de nuez en una Ilíada. No hay duda de que de ambos casos ha recibido la vida humana los más extraordinarios beneficios, pero con cuál de los dos tiene el mundo una deuda mayor lo dejaré en manos de los curiosos como un problema digno de la más alta de las indagaciones. Por lo que se refiere al segundo, yo creo que la comunidad del conocimiento debe estar principalmente agradecida al gran adelanto moderno de las digresiones: esos últimos refinamientos del saber, que avanzan en paralelo a los de la gastronomía nacional, y que, entre los hombres de buen paladar, se aderezan en varias combinaciones, consistentes en sopas y ollas, fricasés y ragús.

Ciertamente, existe una especie de gente malhumorada, criticona y malcriada que pretende abominar completamente de estas amables innovaciones, y en cuanto a la similitud con la comida, admiten el paralelismo, pero tienen la osadía de declarar que el ejemplo elegido es de un gusto corrompido y degenerado. Nos dicen que la moda de hacer un revoltijo de cincuenta cosas juntas en un plato se introdujo para satisfacción de un apetito depravado y pervertido, además de una naturaleza disparatada, y que ver a un hombre rebuscando en una olla a la caza de la cabeza y los sesos de un ganso, de un pato o de una perdiz es señal de que carece de estómago y de tripas para más sustanciosas vituallas. Afirman, además, que las digresiones en un libro son como las tropas extranjeras en un país, que alegando que la nación no tiene ni un corazón ni unas manos propias, a menudo acaban sometiendo a sus nativos o los arrinconan a los lugares más estériles.

Pero, aparte de lo que pueda objetarse por esos arrogantes censores, es evidente que la comunidad de los escritores quedaría enseguida reducida a un número insignificante si los hombres se vieran obligados a hacer libros con la fatal condición de no exponer nada que se saliera del propósito de los mismos. Está más que reconocido que, de darse entre nosotros el mismo caso que con griegos y romanos, cuando el saber estaba en su cuna, y debía criarse, alimentarse y vestirse mediante la invención, sería una tarea fácil llenar volúmenes sobre asuntos concretos sin extenderse más allá de los temas salvo en moderados excursos que ayudaran a avanzar o a aclarar el objetivo principal. Pero con el progreso ha sucedido como con un ejército numeroso acampado en un país fértil que, durante unos días, se mantiene con el producto de la tierra que ocupa, hasta que se agotan las provisiones y se le manda a buscarlas por varias millas a la redonda, sin que importe que sea entre los amigos o los enemigos. Entretanto, los campos vecinos, pisoteados y devastados, quedan estériles y secos, sin ofrecer más sustento que nubes de polvo.

Al haber cambiado las cosas tantísimo entre nosotros y los antiguos, y al ser los modernos tan conscientes de ello, los de estos tiempos hemos descubierto un método más breve y prudente de convertirnos en sabios y en talentosos, sin tomarnos la molestia de leer o de pensar. Las dos maneras más logradas de utilizar hoy en día los libros son: una, la de servirse de ellos como algunos hacen con los nobles, o sea aprenderse muy bien sus títulos y presumir de conocerlos; otra, que es de hecho el método más selecto, más profundo y más refinado, la de hacer un riguroso estudio del índice, mediante el cual se gobierna y se dirige todo el libro, como los peces mediante su cola. Pues para entrar en el palacio del conocimiento por la puerta grande es precisa una dedicación de tiempo y maneras; por tanto, los hombres con muchas prisas y poca ceremonia se contentan con entrar por la puerta de atrás. Porque las artes avanzan en marcha rápida, y por lo tanto se las somete con más facilidad atacándolas por la retaguardia. Así, los médicos dictaminan el estado de todo el cuerpo con solo examinar lo que sale por detrás. Así, los hombres captan el conocimiento volcando su mente sobre las páginas posteriores de un libro, como hacen los muchachos con los gorriones al echarles sal en las colas. Así también, la vida humana se comprende mejor mediante el consejo del hombre sabio de contemplar su final. Así, se descubren las ciencias, como a los bueyes de Hércules, siguiendo sus huellas hacia atrás. Y así se desenredan los viejos saberes, como las medias viejas, empezando por los pies. Además de todo esto, últimamente el ejército de las ciencias, en un mundo de disciplina marcial, ha quedado alineado en formación compacta, de manera que se puede examinar su composición con gran prontitud. Esa gran fortuna se la debemos por completo a los sistemas y sinopsis a los que los modernos padres del saber, como prudentes usureros, consagraron el sudor de sus frentes, para comodidad de nosotros sus hijos. Pues el trabajo es la semilla de la ociosidad, y constituye la felicidad de nuestra noble época recoger ese fruto.

Ahora bien, al haberse convertido ese método de hacerse sabio, docto y sublime en algo tan general y tan establecido en todas sus formas, el número de escritores tiene consecuentemente que haber crecido, y hasta tal punto que se ha hecho de absoluta necesidad para ellos interferir los unos con los otros. Por lo demás, se ha estimado que no queda hoy suficiente cantidad de materia nueva en la naturaleza con la que suministrar y ornar cualquier tema determinado hasta completar un volumen. Esto me lo ha dicho un matemático de mucho talento, que me ha hecho una demostración mediante reglas aritméticas.

Tal vez esto pueda objetarse por aquellos que mantienen que la materia es infinita, y por lo tanto no admitirán que ninguna de sus especies pueda agotarse. Para rebatir lo cual, examinemos la rama más noble del árbol del ingenio o la inventiva modernos, plantado y cultivado por la época presente, y que, de todas, ha producido más y mejor fruto. Pues, aunque los antiguos nos dejaran algunos restos de él, sin embargo ninguno de ellos, que yo recuerde, ha sido traducido o recopilado en los sistemas de uso moderno. Por lo tanto, podemos afirmar, en honor nuestro, que, en cierto modo, han sido inventados y llevados a la perfección por las mismas manos. Me estoy refiriendo a ese talento, tan celebrado entre los sabios modernos, para deducir similitudes, alusiones y aplicaciones muy sorprendentes, gratas y apropiadas de las pudenda de uno y otro sexo, junto con los usos propios de las mismas. Y ciertamente, habiendo observado cuán poca inventiva ofrece cualquier moda, aparte de lo derivado hacia estos canales, a veces he pensado que este genio feliz de nuestro tiempo y nuestro país estaba proféticamente sustentado por aquella antigua y característica descripción de los pigmeos indios, cuya estatura no sobrepasaba los dos pies, sed quorum pudenda crassa, et ad talos usque pertingentia. Ahora bien, yo he tenido mucha curiosidad por observar las recientes creaciones en las que han aparecido de manera más destacada las exquisiteces de esta especie; y aunque esa vena ha sangrado sin freno y se han empleado todos los medios al alcance del hombre para dilatarla, extenderla y mantenerla abierta, como hacían los escitas, que tenían la costumbre de inflar con un instrumento los genitales de sus yeguas para que estas dieran más leche, sin embargo, yo me estoy temiendo que dicha vena esté cerca de agotarse y ya no se recupere, y que o bien nos proveemos, si es posible, de alguna nueva fonde de ingenio, o bien tendremos que contentarnos con meras repeticiones, tanto aquí como en todas las demás ocasiones.

Lo dicho constituye un argumento incontestable para que nuestros ingenios modernos no cuenten con la infinitud de la materia como un sustento permanente. ¿Qué otra cosa nos queda, por tanto, sino que nuestro último recurso sean los índices extensos y los pequeños resúmenes? Las citas hay que recogerlas en abundancia, y por orden alfabético; a tal fin, aunque los autores no necesitan que se les consulte mucho, sí hay que hacerlo meticulosamente con los críticos, con los comentaristas y con los diccionarios. Pero, sobre todo, esos sensatos coleccionistas de pasajes brillantes, florilegios y observaciones deben ser objeto de merecida dedicación por parte de los llamados tamices y cedazos de la sabiduría, aunque quede por saber si se trataba de perlas o de harina, y, por consiguiente, si tendremos que valorar más lo que pasaba o lo que quedaba retenido.

Mediante estos métodos, en pocas semanas puede surgir más de un escritor capaz de encarar los temas más profundos y universales. Pues ¿qué importa si su cabeza está vacía siempre que su libro de apuntes esté lleno? Y si le priváis solamente de los atributos de método, estilo, gramática e inventiva, y le permitís los normales privilegios de transcribir de otros autores y de hacer digresiones de sí mismo en cuanto ve la ocasión de hacerlo, no deseará contar con más ingredientes para componer un tratado que ofrezca un atractivo aspecto en la estantería de un librero; allí se mantendrá eternamente ordenado y limpio, adornado con la heráldica del título debidamente estampada en su tejuelo, y nunca será manoseado ni manchado por estudiantes, ni condenado a la cadena perpetua de la oscuridad de una biblioteca. Pero cuando llegue la plenitud de los tiempos, superará felizmente la prueba del purgatorio para luego ascender al cielo.

Careciendo de esas concesiones, ¿cómo es posible que los ingenios modernos tengamos alguna vez la oportunidad de publicar nuestras recopilaciones, ordenadas bajo tantos miles de encabezamientos de diferente naturaleza, a falta de las cuales el mundo del saber se vería privado de infinitos deleites, así como de instrucción, y nosotros mismos enterrados sin remedio en un ignominioso y mediocre olvido?

A partir de datos como estos, vivo para contemplar el día en que la comunidad de autores pueda superar a todas las hermandades de su gremio. Una satisfacción que, como muchas otras, nos legaron nuestros antepasados los escitas, entre los cuales el número de plumas era tan infinito que la elocuencia griega no tuvo otro modo de expresarlo sino diciendo que en las lejanas regiones del norte apenas era posible para un hombre viajar, debido a que el mismo aire estaba repleto de plumas.

La necesidad de esta digresión disculpará fácilmente su extensión; y he encontrado para ella el lugar más apropiado que he podido. Si el juicioso lector puede asignarle otro mejor, le concedo aquí la facultad de trasladarla a cualquier otro rincón que le plazca. Y con gran presteza vuelvo así a proseguir con un asunto más importante.

Sección VIII. Cuento de un tonel

Los doctos eolistas sostienen que la causa primera de todas las cosas es el viento, del cual tuvo su origen todo el universo, y al cual habrá de reducirse todo al final; y que el mismo aliento que encendió y propagó la llama de la naturaleza será el que un día la apague.

Quod procul a nobis flectat fortuna gubernans.

Eso es lo que los adepti entienden como su anima mundi, es decir, el espíritu, aliento o viento del mundo; y si se examina todo el sistema por las características de la naturaleza, se verá que no se les puede rebatir, pues tanto si queremos designar a la forma informans del hombre con el nombre de spiritus, animus, afflatus o anima, ¿qué son estas sino diferentes denominaciones del viento, que es el elemento dominante en todos los componentes y en el que todos ellos terminan cuando se pudren? Más aún, ¿qué es la vida misma sino, como comúnmente se dice, el aliento de nuestra nariz? De ello han colegido los naturalistas con toda razón que el viento sigue siendo de gran importancia en ciertos misterios, que no nombraré, que dan lugar a esos faustos epítetos como turgidus e inflatus, aplicados tanto a los órganos emisores como a los receptores.

Por lo que he recopilado de documentos antiguos, averiguo que la brújula que contempla su doctrina abarca treinta y dos puntos, por lo que resultaría tedioso estudiarlos meticulosamente. Sin embargo, algunos de los preceptos más importantes que se deducen de ella no deben omitirse en modo alguno; de entre ellos, la máxima siguiente era de mucho peso: puesto que el viento era el elemento principal, y más eficiente, en todos los seres compuestos, en consecuencia esos seres tienen que ser de singular excelencia allí donde ese primordium parezca abundar de manera más destacada. Y que, por lo tanto, el hombre alcanza la más alta perfección de todas las cosas creadas al haber sido dotado, por gran multitud de filósofos, con tres distintas animas o vientos, a los que los sabios eolistas, con mucha generosidad, han añadido una cuarta, de igual necesidad y ornamento que las otras tres, cubriendo con este quartum principium las cuatro esquinas del mundo, lo que dio ocasión a aquel renombrado cabalista, Bumbastus, para colocar el cuerpo de un hombre en posición adecuada con relación a los cuatro puntos cardinales.

Consecuentemente, su siguiente principio era el de que el hombre trae consigo al mundo una peculiar porción o grano de viento, que podría llamarse la quinta essentia, extraída de las otras cuatro. Esta quintaesencia es de uso universal ante todas las emergencias de la vida, hace mejorables todas las artes y ciencias y puede ser maravillosamente refinada, así como ampliada, mediante ciertos métodos educativos. Una vez alcanzada su perfección no debe ser codiciosamente acaparada, ni sofocada, ni ocultada bajo un celemín, sino difundida sin reservas a toda la humanidad. Basándose en estas razones, y en otras de igual peso, los sabios eolistas afirman que el don de eructar es el acto más noble de una criatura racional. Y para cultivar dicho arte, y hacerlo más provechoso para la humanidad, se sirvieron de diversos métodos. En ciertas épocas del año, uno podía contemplar a sus sacerdotes, en gran número, con sus bocas abiertas de par en par de cara a la tormenta. Otras veces se les veía por centenares, unidos en cadena, formando círculo, cada uno con un fuelle aplicado al trasero de su vecino, mediante el cual se inflaban unos a otros hasta alcanzar la forma y el tamaño de un tonel; y por esta razón, muy apropiadamente, solían llamar vasijas a sus cuerpos. Cuando, mediante esos procedimientos y otros parecidos, llegaban a estar suficientemente repletos, partían de inmediato y hacían desembocar, en beneficio del bien común, una abundante ración de lo que habían adquirido en los morros de sus discípulos. Pues debemos advertir aquí que entre ellos se consideraba que toda erudición estaba compuesta por el mismo principio, pues, en primer lugar, se afirma o se admite, de manera general, que el saber infla a los hombres, y en segundo lugar, lo demostraban mediante el siguiente silogismo: las palabras no son sino viento, y las ciencias no son sino palabras, ergo, la ciencia no es nada más que viento. Por esta razón, los filósofos eolistas, en sus escuelas, impartían a los alumnos todas sus doctrinas y opiniones por medio de eructos, en lo que habían adquirido una maravillosa elocuencia de increíble variedad. Pero la gran peculiaridad que mejor distinguía a sus mayores sabios era la de cierta expresión de su semblante, que ofrecía una indudable información sobre hasta qué punto o proporción el espíritu agitaba la masa interior. Porque, expulsados los vientos y vapores después de algunos retortijones, y habiendo causado, por su turbulencia y convulsiones interiores, un terremoto en el pequeño mundo del hombre, les distorsionaba la boca, provocaba la hinchazón de sus mejillas y daba a sus ojos una especie de terrible relieve; en esas circunstancias, todos sus eructos eran considerados cosa sagrada, cuanto más agrios mejor, y tragados con infinito consuelo por sus exiguos devotos. Y para conseguir un efecto más completo, como el aliento de la vida humana reside en sus fosas nasales, así los eructos más selectos, más edificantes y más alentadores eran, por consiguiente, transmitidos a través de ese conducto, para darles ese matiz a su paso por él.

Sus dioses eran los cuatro vientos, a los que rendían culto como espíritus que impregnan y avivan el universo, y solo de los cuales puede decirse apropiadamente que procede toda inspiración. No obstante, el principal de ellos, al que rendían la adoración de latría, era el todopoderoso Norte, una antigua deidad por la que los habitantes de Megalópolis, en Grecia, tenían asimismo la más alta veneración: omnium deorum Boream maxime celebrant. A este dios, aunque estaba dotado con el don de la ubicuidad, le suponían los eolistas más profundos la posesión de un alojamiento especial, o más exactamente, un coelum empyraeum, en el que estaba más íntimamente presente. Este estaba situado en cierta región, bien conocida de los antiguos griegos, llamada por ellos Σκοτια, o país de tinieblas. Y aunque sobre este asunto ha habido muchas controversias, es indiscutible que los eolistas más refinados proceden originalmente de una región con esa denominación, de donde, en todas las épocas, sus sacerdotes de mayor celo han aportado la más excelsa inspiración, captándola del manantial mismo con sus propias manos mediante ciertas vejigas que hacían reventar entre los de su secta de todo el mundo, que diariamente quedaban, quedan y quedarán jadeantes y resollando en su esfuerzo por obtenerla.

En cuanto a sus ritos y misterios, estos se celebraban de la siguiente manera: como es bien sabido entre los doctos, los virtuosos de épocas pasadas se las habían ingeniado para transportar y conservar los vientos en cubas o toneles, lo que era de gran utilidad en las largas travesías por mar, y es de lamentar que hoy en día se haya perdido un arte tan útil, aunque, no sé cómo, Panciroli lo haya omitido con gran negligencia. Fue una invención atribuida al mismo Eolo, el dios que dio nombre a la secta, la cual, para honrar la memoria de su fundador, ha conservado hasta hoy un gran número de esos toneles, de los cuales colocan uno en cada uno de sus templos, después de haberle quitado la tapa superior; en los días solemnes, penetra en esa cuba o tonel el sacerdote, donde habiéndose preparado antes debidamente mediante los métodos ya descritos, se le instala secretamente un embudo desde su trasero hasta el fondo de la cuba, lo que le permite obtener nuevas fuentes de inspiración a través de una grieta o ranura situada al norte. Y así se le puede ver cómo se hincha rápidamente hasta alcanzar la forma y el tamaño de su recipiente. En esa situación descarga auténticas tempestades sobre su auditorio, a medida que la inspiración de debajo le lleva a manifestarse, lo que, saliendo ex adytis et penetralibus, no se produce sin mucho dolor y retortijones. Y el viento, al escapar, actúa con su cara del mismo modo que lo hace con el mar, primero oscureciéndola, luego arrugándola, y finalmente haciéndola estallar entre espuma. Es de esta guisa como el eolista sagrado vierte sus eructos de oráculo sobre sus jadeantes discípulos, algunos de los cuales buscan ansiosamente, boquiabiertos, el santificado aliento, mientras otros cantan todo el rato himnos de alabanza a los vientos, a la vez que se dejan mecer suavemente por su propio canturreo, representando así las suaves brisas de sus apaciguadas deidades.

Se debe a esta costumbre de los sacerdotes el que algunos autores mantengan que los eolistas tienen un origen muy antiguo en este mundo. Pues esa exposición de sus misterios, que acabo de mencionar, parece ser exactamente igual a la de otros antiguos oráculos, cuyas inspiraciones se debían a ciertos efluvios subterráneos de viento, transmitidos con los mismos esfuerzos al sacerdote y con casi la misma influencia sobre la gente. Y también es cierto que con frecuencia esos oráculos estaban oficiados y dirigidos por mujeres, cuyos órganos se pensaba que estaban mejor dispuestos para la admisión de tales ráfagas oraculares, por entrar y atravesar un receptáculo de mayor capacidad, causando también a su paso un cosquilleo que, bien tratado, ha pasado de ser un éxtasis carnal a otro espiritual. Y, para reforzar esa profunda conjetura, se sigue insistiendo en que se mantiene todavía en ciertos colegios selectos de nuestros modernos eolistas esa costumbre de las sacerdotisas, conformes con recibir su inspiración mediante el receptáculo arriba mencionado, como sus antepasadas las sibilas.

Y del mismo modo que la mente del hombre, cuando este da rienda suelta a sus pensamientos, nunca se detiene, sino que de un modo natural se aventura hasta los extremos, el de lo alto y lo bajo, el de lo bueno y lo malo, así también el primer vuelo de su fantasía lo transporta por lo general a ideas de lo que es más perfecto, logrado y sublime, hasta que, habiendo remontado el vuelo fuera de su propio alcance y su propia vista, sin percibir bien lo cerca que están los límites que separan altitud y profundidad, en el mismo rumbo y vuelo cae precipitándose hasta el más profundo de los abismos, como uno que viajando hacia el Este aparece en el Oeste, o como una línea recta que, al prolongarse, traza un círculo. Tanto si un rastro de malicia en nuestra naturaleza nos induce a presentar cualquier idea brillante con su reverso, como si la razón, al reflexionar sobre el conjunto de las cosas, solo puede, igual que el sol, alumbrar un hemisferio del globo, dejando necesariamente la otra mitad en la sombra y la oscuridad; o como si la fantasía, remontándose hasta la imaginación de lo más alto y mejor, rebasa su objetivo, y gastada y cansada, cae bruscamente al suelo, como un ave del paraíso muerta; o como si, después de todas estas conjeturas metafísicas, no haya yo acertado del todo con la razón verdadera, la proposición en la que, sin embargo, me he sostenido en tantas otras circunstancias, sigue siendo igualmente válida: que, conforme las partes menos civilizadas de la humanidad, de un modo u otro, han ascendido hasta la idea de un dios o de un poder supremo, rara vez se han olvidado de fomentar sus temores con ciertas nociones espantosas que, a falta de algo mejor, les han servido como diablo de manera más que aceptable. Y ese modo de proceder parece ser bastante natural, porque sucede con los hombres cuyas imaginaciones se exaltan mucho, del mismo modo que con aquellos cuyos cuerpos se elevan, que, mientras se deleitan con la ventaja de una contemplación más cercana cuando miran hacia arriba, igualmente se horrorizan ante la sombría perspectiva del precipicio que ven abajo. Así, a la hora de elegir un demonio, el método habitual de la humanidad ha sido el de escoger un ser que, o bien por sus actos o bien por su aspecto, resultara de la mayor aversión para el dios que ellos mismos habían ideado. Del mismo modo, la secta de los eolistas estaba poseída por el temor, el horror y el odio a dos malignas criaturas, entre las cuales y las divinidades que ellos adoraban se había establecido una enemistad perpetua. La primera de ellas era el camaleón, enemigo jurado de la inspiración, y que, como desprecio, devoraba grandes influjos de su dios sin devolver a cambio la menor ráfaga mediante eructos. La otra era un terrible gran monstruo, llamado Moulinavent, que, con sus cuatro grandes brazos, mantenía una batalla eterna contra todas sus divinidades, girando hábilmente para esquivar sus golpes y devolvérselos con creces.

Así provista y establecida, con sus dioses y sus demonios, estaba la afamada secta de los eolistas, que hoy ofrece tan ilustre apariencia en el mundo, y de la que, sin duda alguna, constituye una rama muy auténtica esa amable nación de los lapones, a los que no puedo dejar de hacer una honrosa mención aquí sin pecar de injusticia, puesto que parecen estar tan estrechamente relacionados en materia de intereses e inclinaciones con sus hermanos eolistas que están entre nosotros, hasta el punto de que no solo compran sus vientos al por mayor a los mismos mercaderes, sino que también los venden al por menor con iguales tarifas y métodos a clientes muy parecidos.

Ahora bien, no decidiré de un modo absoluto si el sistema aquí expuesto fue plenamente compilado por Juan o, como creen algunos escritores, copiado del original existente en Delfos con ciertas adiciones y enmiendas, adecuadas a los tiempos y las circunstancias. Sí puedo asegurar que Juan le dio al menos un giro nuevo y lo conformó según el mismo modelo y con igual ropaje al que yo he expuesto.

Durante mucho tiempo he buscado esta oportunidad de hacer justicia a una sociedad de hombres por los que tengo un particular respeto, y cuyas opiniones, así como sus prácticas, han sido sumamente tergiversadas e interpretadas según la malicia o la ignorancia de sus adversarios. Y es porque creo que una de las mayores y mejores acciones humanas es la de eliminar prejuicios y situar las cosas ante la más cierta y limpia de las luces, por lo que acometo el empeño, sin otra consideración por mi parte que la de la conciencia, el honor y la gratitud.

Sección IX. Digresión sobre el origen, el uso y el perfeccionamiento de la locura en una sociedad

De modo alguno debe restar valor a la justa reputación de esta famosa secta el que su aparición e institución se deban a un autor como el que he descrito que es Juan, una persona cuyas dotes intelectuales estaban trastornadas, y que tenía el cerebro desplazado de su posición natural, lo que comúnmente suponemos que es un desorden mental y a la que damos el nombre de locura o delirio. Porque si hacemos un repaso de las mayores hazañas llevadas a cabo en el mundo por la influencia de un solo hombre, como son el establecimiento de nuevos imperios mediante conquista, el avance y progreso de nuevos sistemas filosóficos y la elaboración, así como la propagación, de nuevas religiones, nos encontraremos con que los autores de todas ellas han sido personas cuya razón natural había experimentado grandes trastornos, debidos a su régimen de vida, a su educación y a la prevalencia de algún temperamento determinado, junto con la particular influencia del aire y del clima. Además, hay algo individual en las mentes humanas que se enciende con facilidad cuando se produce la confluencia y colisión de determinadas circunstancias y que, a pesar de su apariencia insignificante y humilde, a menudo prende y se inflama dando lugar a los mayores acontecimientos de la vida. Pues los grandes cambios no siempre se producen por unas manos fuertes, sino por adaptación afortunada y en épocas favorables, y no importa dónde se inició el fuego cuando los vapores ya han ascendido al cerebro. Porque la región superior del hombre está provista como la región intermedia del aire, sus materiales están formados por causas de la mayor variedad, pero que al final producen la misma sustancia y efectos. Las brumas surgen de la tierra, los vapores de los estercoleros, las emanaciones del mar y el humo del fuego, pero todas las nubes son de igual composición así como sus efectos, y los gases que salen de una letrina proporcionan un vapor tan agradable y provechoso como el incienso desde un altar. Llegados aquí, supongo que se me concederá fácilmente, y habrá de concluirse, que así como la faz de la naturaleza nunca produce lluvia excepto cuando está cubierta de nubes y revuelta, también el entendimiento humano, asentado en el cerebro, tiene que verse agitado y cubierto de vapores que ascienden desde las facultades inferiores para regar la inventiva y hacerla fértil. Ahora bien, aunque estos vapores (como ya se ha dicho) son de origen tan diverso como lo son los de los cielos, la cosecha que producen es diferente tanto en especie como en volumen, simplemente en función del suelo. Expondré dos ejemplos para demostrar y explicar lo que estoy anticipando.

Cierto gran príncipe reunió un poderoso ejército, llenó sus arcas de tesoros infinitos y equipó una flota invencible, todo ello sin dar el menor aviso de su propósito a sus principales ministros ni a sus más cercanos favoritos. Inmediatamente, el resto del mundo se armó, con los reinos circundantes en temblorosa expectativa de por dónde estallaría la tormenta, con sus discretos políticos sumidos por doquier en profundas conjeturas. Algunos creían que aquel había fraguado un plan de soberanía universal; otros, después de mucho pensar, decidieron que el asunto consistía en un proyecto para derrocar al papa y establecer la religión reformada, que en otro tiempo había sido la suya. Otros, en fin, de una sagacidad más profunda, le veían ya en Asia para someter al turco y recobrar Palestina. En medio de todos esos proyectos y preparaciones, cierto cirujano de la política, comprendiendo la naturaleza de la enfermedad por sus síntomas, emprendió la curación, y con un solo golpe realizó la operación, rompiendo la bolsa de los vapores, de la que estos se escaparon; no necesitó más para hacer de ello un remedio completo, solo que el príncipe tuvo la mala fortuna de morir en la intervención. Ahora bien, ¿tiene el lector la desbordante curiosidad de saber dónde se originaron estos vapores que durante tanto tiempo fueron el asombro de las naciones? ¿Qué rueda secreta, qué oculto resorte, pudo poner en movimiento un motor tan formidable? Más tarde se descubrió que el funcionamiento de tamaña máquina había sido dirigido por una mujer ausente, cuyos ojos habían hecho que creciera un bulto, y, antes de poder eyacular, ya se la habían llevado a un país enemigo. ¿Qué debería hacer un desdichado príncipe en circunstancias tan delicadas como esas? En vano intentó el infalible remedio del poeta, el de los corpora quaequae, porque:

Idque petit corpus mens unde est saucia amore:

Unde feritur, eo tendit, gestitque coire.

Habiendo agotado en vano todos los recursos pacíficos, el semen almacenado se inflamó y se enranció, convirtiéndose en bilis, para volverse hacia el conducto espinal, por donde ascendió hasta el cerebro: así que el mismísimo principio que hace que un matón rompa las ventanas de una ramera que le ha dejado plantado provoca del modo más natural que un gran príncipe arme ejércitos poderosos y no sueñe con otra cosa que no sean asedios, batallas y victorias.

… teterrima belli

Causa…

El segundo ejemplo, que yo he leído en alguna parte en un autor muy antiguo, es el de un poderoso rey que, a lo largo de unos treinta años, se divirtió tomando y perdiendo ciudades, derrotando ejércitos y siendo derrotado, expulsando a otros príncipes de sus dominios, aterrorizando a los niños al quitarles el sustento, incendiando, devastando, saqueando, hostigando y masacrando a súbditos y extranjeros, amigos o enemigos, hombres o mujeres. Está acreditado que los filósofos de todos los países estuvieron discutiendo seriamente acerca de las causas naturales, morales y políticas de este fenómeno, tratando de averiguar dónde podrían aplicar una solución a su origen. Al final, el vapor o espíritu que animaba el cerebro de este personaje, al estar en circulación perpetua, se asentó en esa región del cuerpo humano conocida por suministrar la zibeta occidentalis, y, transformándose allí en un tumor, dejó en paz por el momento al resto del mundo. Pues tanta es la poderosa importancia del lugar donde se fijan estas emanaciones como tan pequeña la del que proceden. Esos mismos efluvios que, en su progresión ascendente pueden conquistar un reino, al descender al ano concluyen en una fístula.

Examinemos ahora a los grandes introductores de nuevos esquemas filosóficos, y tratemos de averiguar de qué facultad del alma procede en los mortales la disposición a persistir en conocer, con entusiástico celo, nuevos sistemas sobre cosas consideradas por todos como imposibles de saber: de qué semillas brota esa disposición y a qué cualidades de la naturaleza humana deben estos grandes innovadores contar con tan numerosos discípulos. Porque está claro que varios de entre los más notables de ellos, tanto antiguos como modernos, eran por lo general erróneamente considerados por sus adversarios, y de hecho por todos excepto por sus seguidores, como personas que estaban locas o fuera de sus cabales, al haber seguido habitualmente, en el curso de sus palabras y acciones, un método muy diferente de los vulgares dictados de la razón no cultivada. Estaban mayormente de acuerdo, en sus distintos modelos, con sus actuales e indudables sucesores en la academia del moderno Belén, cuyos méritos y principios examinaré más adelante en su lugar adecuado. De esta clase eran Epicuro, Diógenes, Apolonio, Lucrecio, Paracelso, Descartes y otros, los cuales, si estuvieran hoy en el mundo, firmemente atados y separados de sus seguidores, correrían un manifiesto peligro de flebotomía, látigos, cadenas, oscuras mazmorras y catres de paja. Pues ¿qué hombre, en el estado o discurso natural de su pensamiento, ha concebido jamás que estuviera en su mano reducir las nociones de toda la humanidad exactamente a la misma longitud, anchura y altura que las suyas? Sin embargo, ese es el primer propósito, humilde y respetuoso, de todos los innovadores en el imperio de la razón. Epicuro estaba modestamente esperanzado en que, algún día, una determinada coincidencia fortuita de las opiniones de todos los hombres, tras perpetuos encontronazos de lo brusco con lo suave, de lo ligero con lo pesado, de lo redondo con lo cuadrado, uniría, merced a ciertos clinamina, las nociones de átomo y de vacío, como sucedía en el origen de todas las cosas. Cartesio aspiraba a ver, antes de morir, las opiniones de todos los filósofos, como tantas estrellas menores, envueltas y absorbidas al interior del vórtice de su romántico sistema. Ahora bien, me gustaría que se me dijera cómo es posible que determinados hombres se imaginen unas fantasías como esas sin recurrir a mi fenómeno de los vapores que ascienden desde las facultades inferiores hasta oscurecer el cerebro y ser destilados allí en forma de conceptos, para los cuales la estrechez de nuestra lengua madre no ha asignado aún ningún otro nombre que no sea el de locura o frenesí. Conjeturemos ahora, por tanto, cómo es posible que ninguno de esos grandes prescriptores nunca dejan de estar provistos, ellos y sus nociones, de un buen número de implícitos discípulos. Y creo que la razón es fácil de establecer, pues existe una cuerda peculiar en la armonía del conocimiento humano que, en algunos individuos, tiene exactamente la misma sintonía. Si se afina esa cuerda con destreza hasta lograr la nota correcta, y luego se hace sonar con delicadeza, cada vez que se tenga la buena suerte de coincidir con los del mismo tono, estos, por una secreta y necesaria simpatía, la harán sonar exactamente al mismo tiempo. Y en esta única circunstancia reside todo el talento o la suerte del asunto, pues si ocurriera que tañéis la cuerda entre los que están por encima o por debajo de vuestra estatura, en lugar de adherirse a vuestra doctrina, estos os atarán bien atados, os llamarán locos, y os tendrán a pan y agua. Es, por tanto, cosa de elevado comportamiento la de saber distinguir y adaptar ese noble talento a las diferencias de personas y de épocas. Cicerón comprendió eso muy bien cuando, al escribir a un amigo de Inglaterra, le advirtió, entre otras cosas, que tuviera cuidado con que no lo engañaran nuestros cocheros (que, al parecer, en aquellos tiempos eran ya tan granujas como lo son ahora), y utilizó estas admirables palabras: Est quod gaudeas te in ista loca venisse, ubi aliquid sapere viderere. Porque, para decir la cruda verdad, es un error fatal el de organizar tan mal los asuntos que se pueda pasar por necio ante determinada gente, mientras que ante otra puedas ser considerado un filósofo. Lo cual quisiera que algunos caballeros conocidos míos tuvieran muy en cuenta, como un oportuno innuendo.

De hecho, este fue el error fatal de ese digno caballero y muy ingenioso amigo mío, el señor Wotton, una persona en apariencia llamada a los más grandes proyectos y realizaciones: tanto si uno tiene en cuenta sus ideas como su porte, seguramente nadie se presentó en público con mejores aptitudes corporales y mentales para la propagación de una nueva religión. Ay, si esos afortunados dones, malgastados en vana filosofía, se hubieran derramado por sus cauces adecuados, los de los sueños y visiones, donde la distorsión de la mente y del semblante halla tan soberana utilidad, entonces el vulgar y humillante mundo no se hubiera atrevido a anunciar que algo iba mal, que su cerebro había sufrido una desafortunada conmoción, lo que incluso sus propios hermanos modernistas, como ingratos que son, susurran de manera tan ruidosa ¡que les oigo desde la mismísima buhardilla donde escribo esto!

Finalmente, quienquiera que desee mirar en las fuentes del entusiasmo, de donde, en todas las épocas, han manado eternamente corrientes tan enriquecedoras, se encontrará con que el manantial se ha vuelto tan turbio y fangoso como la corriente: es de tan gran efecto una simple gota de ese vapor que la gente llama locura que, sin su ayuda, el mundo no solo se vería privado de esas dos grandes bendiciones que son las conquistas y los sistemas, sino que toda la humanidad quedaría desgraciadamente reducida a tener las mismas creencias sobre las cosas invisibles. Ahora bien, de mantenerse el anterior postulado de que no importa cuál sea el origen y la procedencia de ese vapor, sino en qué ángulos incide y se expande por el entendimiento, o a qué especies de cerebro asciende, será entonces asunto muy delicado llamar la atención del amable y curioso lector para distinguir las distintas razones por las que una diferencia numérica en el cerebro pueda producir unos efectos tan distintos a partir del mismo vapor, como para ser el único punto de individuación entre Alejandro Magno, Juan de Leyden y monsieur Descartes. El presente argumento es el que me tiene más absorto de todos los que ya haya emprendido jamás, y fuerza mis facultades hasta el límite; así que desearía que el lector le prestara su mayor atención, pues procedo ahora a desenredar ese espinoso asunto.

Hay en la humanidad

… Hic multa desiderantur…

Y esto creo que es una clara solución del asunto.

Por tanto, habiendo pasado apuradamente a través de esta intrincada dificultad, estoy seguro de que el lector estará de acuerdo conmigo en concluir que si los modernos solo entienden como locura una perturbación o trastorno del cerebro consecuencia de la acción de ciertos vapores procedentes de las facultades inferiores, entonces esta locura ha sido la madre de todas esas grandiosas revoluciones que han tenido lugar en los imperios, la filosofía y la religión. Porque el cerebro, en su posición y estado naturales de serenidad, predispone a su dueño a pasar su vida de un modo corriente, sin que piense en someter a las multitudes a su poder, a sus razones o a su visión; y cuanto más conforma su entendimiento a las pautas de la sabiduría humana, tanto menos se ve inclinado a formar partidos según sus particulares ideas, porque eso lo instruye en la percepción de sus propias limitaciones, así como en la terca ignorancia del pueblo. Pero cuando la fantasía de un hombre se encarama sobre su propia razón, cuando la imaginación se da de bofetadas con los sentidos, y al común entendimiento, así como al sentido común, se les echa a patadas, el primer prosélito que consigue es él mismo, y una vez hecho esto ya no es tan difícil convencer a otros, al estar siempre presente una fuerte ilusión, tan poderosa desde fuera como desde dentro. Pues la palabrería y las visiones son para el oído y el ojo lo mismo que las cosquillas para el tacto. Esos entretenimientos y placeres que más valoramos en la vida son propicios para el engaño y bromean con los sentidos. Pues si nos detenemos a examinar lo que generalmente se entiende por felicidad, ya sea con respecto al entendimiento o a los sentidos, nos encontraremos con que todas sus propiedades y accesorios caben bajo esta breve definición: es el permanente disfrute de sentirse bien engañado. En primer lugar, con relación a la mente o entendimiento, son manifiestas las poderosas ventajas que la ficción tiene sobre la verdad, y la razón de ello está a nuestro alcance, porque la imaginación puede construir escenas más nobles y producir revoluciones más admirables de lo que la fortuna o la naturaleza podrían esforzadamente ofrecernos. No hay que culpar al género humano por una elección que así le determina, si tenemos en cuenta que el debate simplemente se libra entre cosas pasadas y cosas pensadas, de manera que la cuestión se reduce a esto: de las cosas que tienen lugar en la imaginación no se puede decir, con propiedad, que existan lo mismo que las asentadas en la memoria; lo cual, en justicia, puede considerarse afirmativamente y muy a favor de la primera, ya que la imaginación está reconocida como la matriz de las cosas, mientras que a la memoria se le permite ser tan solo una sepultura. Además, si tomamos esta definición de felicidad y la examinamos con referencia a los sentidos, habrá de reconocerse que es maravillosamente ajustada. ¡Qué borrosos e insípidos se nos presentan todos los objetos no transportados por el vehículo de la ilusión! ¡Qué encogido se nos aparece todo por el espejo de la naturaleza! Así, si no fuera por la ayuda de medios artificiales, luces falsas, ángulos de refracción, barnices y oropeles, habría una tremenda sosería en la felicidad disfrutada por los mortales. Si el mundo considerase eso seriamente, y como tengo mis razones para sospechar que difícilmente lo hará, los hombres dejarían de contar entre sus más altas cualidades el arte de sacar a la luz debilidades y divulgar flaquezas, una actividad, en mi opinión, ni mejor ni peor que la del desenmascaramiento, de la que, creo yo, nunca se ha permitido hacer un buen uso, tanto en el mundo como en el teatro.

En la medida en que la credulidad es una propiedad del entendimiento más serena que la curiosidad, así también es preferible esa sabiduría que se queda en la superficie de las cosas a esa presunta filosofía que penetra en el interior de ellas y regresa con toda seriedad con informaciones y hallazgos que en el fondo no sirven para nada. Los dos sentidos requeridos en primer lugar por los objetos son la vista y el tacto, y estos nunca examinan más allá del color, la forma, el tamaño y cualesquiera otras cualidades que residen, o que el arte presenta, en el exterior de los cuerpos; y entonces aparece oficiosamente la razón, con herramientas para cortar, abrir, retorcer y perforar, tratando de demostrar que no tienen la misma consistencia interior. Ahora bien, yo creo que esta es la peor de las maneras de pervertir la naturaleza, una de cuyas leyes eternas es la de exhibir sus mejores galas. Y, por tanto, para ahorrar en el futuro los gastos de tan costoso trabajo anatómico, creo oportuno informar al lector de que en casos como este la razón está en lo cierto, y que, en la mayoría de los seres corpóreos que he llegado a conocer, la parte exterior ha sido infinitamente preferible a la interior, y de ello he quedado aún más convencido por algunas experiencias recientes. La semana pasada vi cómo desollaban a una mujer, y difícilmente creeríais lo mucho que empeoró su persona. Ayer ordené desnudar en mi presencia el cadáver de un petimetre y nos quedamos todos asombrados al ver tantos defectos insospechados bajo las telas de su traje. Luego quedó al descubierto su cerebro, su corazón y el bazo, pero yo veía claramente en cada intervención que cuanto más avanzábamos más aumentaban ante nosotros los defectos en número y tamaño. De ello saqué la conclusión de que todo filósofo o planificador capaz de descubrir cómo soldar y remendar las grietas e imperfecciones de la naturaleza se merece mucho más del género humano y nos enseña una ciencia más útil que esa, tan estimada hoy, de ampliarlas y exhibirlas, como aquel que sostenía que la anatomía era el objetivo final de la medicina. Y a quien su destino e inclinaciones lo hayan colocado en una situación conveniente para gozar de los frutos de este noble arte, y que pueda, como Epicuro, satisfacer sus ideas con las imágenes y las laminillas que vuelan sobre sus sentidos desde la superficie de las cosas, semejante hombre, verdaderamente sabio, se queda con lo mejor de la naturaleza, dejando lo amargo y los posos para que los rebañen la filosofía y la razón. Ese es el punto sublime y refinado de la felicidad, llamado el disfrute de sentirse bien engañado, el sereno y pacífico estado de ser un necio entre bellacos.

Pero volvamos a la locura. Es cierto que, según el sistema que he expuesto más arriba, todas las especies que lo componen proceden de un exceso de vapores; por eso, lo mismo que algunos tipos de frenesíes duplican la fuerza de los músculos, los hay de otro tipo que aportan vigor, vitalidad y energía al cerebro. Ahora bien, ocurre por lo general que esos espíritus activos, al tomar posesión del cerebro, se asemejan a esos otros que se aparecen por otras moradas ruinosas y vacías, y que, a falta de algo que hacer, o bien se desvanecen llevándose alguna pieza del mobiliario o bien se quedan en la casa y arrojan todo por las ventanas. Así misteriosamente se manifiestan las dos principales variedades de la locura, y que algunos filósofos, al no estudiarlas tan bien como yo, han creído equivocadamente que obedecen a causas diferentes, y se han apresurado a atribuir la deficiencia a la primera y la abundancia a la segunda.

Por lo tanto considero que es evidente, por lo que ya he expuesto aquí, que ha de ser objeto principal de talento y destreza el darle utilidad a ese exceso de vapores y ajustarse prudentemente a sus cambios de estación, cuyo efecto puede resultar de capital y universal beneficio para la comunidad. De manera que un hombre, tras escoger el momento adecuado, se lanza a un abismo, del que sale convertido en héroe, y es llamado el salvador de su país; otro logra la misma proeza, pero, por una desafortunada elección del momento, deja la marca de la locura en su memoria, fijada como un oprobio: sobre tan notable distinción se nos enseña a repetir el nombre de Curcio con reverencia y afecto, y el de Empédocles con odio y desprecio. Así también se interpreta generalmente que Bruto el Viejo solo hacía el papel de necio y loco por el bien del público, pero realmente no se trataba de otra cosa que de un exceso del mismo vapor, malgastado durante mucho tiempo, que en latín era llamado ingenium par negotiis, o, dándole la traducción más aproximada que puedo, una especie de frenesí, siempre fuera de lugar hasta que se aplica a los asuntos de Estado.

Por todo ello, y por muchas otras razones de igual peso, aunque no tan curiosas, me complace aprovechar aquí la oportunidad, que he buscado desde hace tiempo, de recomendar, como empresa muy noble, a sir Edward Seymour, sir Christopher Musgrave, sir John Bowles, el señor John Howe, y a otros patriotas interesados, que promuevan una ley para nombrar a unos comisionados que inspeccionen Bedlam y lugares adyacentes, y que estén facultados para hacer comparecer a personas, escritos y documentos, examinar los méritos y cualificaciones de cada alumno y cada profesor, observar con la mayor exactitud sus distintos caracteres y comportamientos, mediante lo cual, al descubrir y adaptar debidamente sus cualidades, se pueda suministrar unos admirables instrumentistas a los diversos oficios del Estado, tanto civiles como militares, procediendo con los métodos que humildemente propondré aquí. Y espero que el gentil lector conceda alguna tolerancia a la gran atención que he dedicado a este importante asunto, en atención a la alta estima en que he tenido siempre a aquella honorable institución, de la que tuve algún tiempo la dicha de ser un indigno miembro.

¿Que hay algún discípulo que haga pedazos su jergón, jurando y blasfemando, que muerda su rejilla echando espuma por la boca y que vacíe su orinal en las caras de los curiosos? Pues que los excelentísimos comisionados para la inspección le manden un regimiento de dragones para enviarlo a Flandes con los demás. ¿Que hay otro que habla todo el tiempo, farfullando boquiabierto, vociferando sin pausa ni articulación? ¡Qué maravillosos talentos se pierden ahí! Que le faciliten de inmediato una bolsa verde y papeles, le metan tres peniques en el bolsillo y que lo manden a Westminster Hall. Y encontraréis a un tercero midiendo con toda seriedad las dimensiones de su cubículo, una persona previsora y perspicaz, aunque encerrada en la oscuridad; porque, como Moisés, ecce cornuta erat ejus facies. Camina con determinación, solicita vuestra moneda con la debida gravedad y ceremonia, habla mucho de lo mal que están los tiempos, y de los impuestos, y de la ramera de Babilonia; atranca la ventana de madera de su celda cada vez que dan las ocho, sueña con fuego y con rateros, con clientes de la corte y con lugares de privilegio. Ahora bien, ¡cuánto valdrían todos esos conocimientos si a su propietario se le enviara a la ciudad, entre sus semejantes! Mirad ahora al cuarto, en larga y profunda conversación consigo mismo, mordiéndose los pulgares en los momentos adecuados, su semblante cuarteado por afanes y proyectos, caminando a veces muy deprisa, con sus ojos clavados en un papel que sostiene en sus manos: un gran ahorrador de tiempo, a veces duro de oído, muy corto de vista, pero más aún de memoria; un hombre siempre con prisas, gran promotor de negocios y excelente en el famoso arte del vano susurro, desmedido idólatra de monosílabos y aplazamientos, tan dispuesto a dar su palabra a todo el mundo como a no cumplirla, alguien que ha olvidado el común significado de las palabras, pero admirable reteniendo su sonido; alguien extremadamente sometido a la inconcreción, pues sus ocupaciones lo requieren constantemente en otra parte. Si uno se acerca a su rejilla en los intervalos de comunicación, le dirá: «Señor, dadme un penique y os cantaré una canción, pero dadme primero el penique». (De aquí viene el dicho común, y la costumbre todavía más común, de separarse del dinero por una canción). ¡Qué completo es el sistema de habilidades cortesanas que se ha descrito aquí en todas sus variedades, todas ellas enteramente perdidas por no saberlas utilizar! Acercaos al agujero de otra celda (primero tapaos la nariz) y veréis a un mortal hosco, lúgubre, repugnante y mugriento, hurgando en sus propios excrementos y chapoteando en su orina. Lo mejor de su dieta consiste en la restitución de sus propias inmundicias, que, exhaladas como vapores, flotan perpetuamente alrededor de él y acaban reincorporándose. Su tez es de color amarillo sucio, con una barba fina y rala, coincidente con dicha dieta en su primera fase, como esos insectos que, habiendo nacido y crecido en el excremento, adquieren de este su color y olor. El pupilo de este aposento es muy parco en palabras, pero es un tanto más generoso con su aliento: extiende su mano para recibir vuestro penique, e inmediatamente después de recibirlo se vuelve a sus anteriores ocupaciones. Ahora bien, ¿acaso no es sorprendente pensar que la sociedad de Warwick Lane no tenga mayor interés por recuperar a un miembro tan capaz, el cual, a juzgar por las apariencias, se hubiera convertido en el mayor ornato de esa ilustre corporación? Otro de los pupilos pasa pavoneándose orgulloso ante vuestras narices, resoplando, con los ojos medio desorbitados, y os ofrece graciosamente la mano para que se la beséis. El guardián os dice que no tengáis miedo de este ejemplar, pues no os hará daño; solo a él le está permitido acceder a la antecámara, y el guía del lugar os da a entender que esa solemne persona es un sastre que enloqueció de orgullo. Este importante pupilo está adornado de muchas otras cualidades, sobre las cuales ahora no me voy a extender ______ Prestadme oídos______ Me extrañaría no estar en lo cierto de que toda su destreza, sus movimientos y sus aires no fueran muy naturales y no estuvieran en su propio elemento.

No voy a ser tan minucioso como para insistir en el gran número de petimetres, tramposos, poetas y políticos que el mundo podría recuperar mediante una reforma semejante, pero sí en lo que es más material, aparte del patente beneficio que supone para la comunidad un incremento tan notable de personas a las que dar empleo, cuyos talentos y conocimientos, si puedo atreverme a afirmarlo, están ahora enterrados o al menos malgastados: sería de gran provecho para el público que todas ellas destacaran y llegaran a una gran perfección en sus varias especialidades; lo que, creo yo, resulta patente después de lo que ya he expuesto y puedo hacer valer con un sencillo ejemplo, a saber, que incluso yo mismo, autor de estas verdades trascendentales, soy una persona cuyas imaginaciones no son obstinadas y excesivamente dispuestas a escapar con su razón, la cual, por lo que he observado tras larga experiencia, es un jinete muy ligero y fácil de desmontar; a cuenta de lo cual mis amigos nunca se fiarán de mí a menos que les prometa solemnemente dar rienda suelta a mis especulaciones, de esta o parecida manera, para el universal beneficio del género humano, lo que quizá el gentil, cortés y cándido lector, rebosante de esa moderna caridad y ternura habitualmente unidas a su función, estará difícilmente dispuesto a creer.

Sección X. Cuento de un tonel

Los maravillosos cumplidos que en los últimos años se han dedicado mutuamente el mundo de los autores y el de los lectores son un argumento incontestable de una época refinada. Difícilmente puede surgir una comedia, un panfleto o un poema sin un prefacio lleno de agradecimientos al mundo por la general acogida y aplauso dispensados, y que solo Dios sabe dónde, cuándo, cómo o de quién los recibió. Como obligada deferencia a tan laudable costumbre, expreso aquí mis humildes gracias a Su Majestad y a las dos cámaras del Parlamento, a los lores del muy honorable Consejo privado del rey, a los reverendos jueces, al clero, a la aristocracia y a los hacendados de este país; pero de manera muy especial, a mis ilustres cofrades y amigos del café Will's, del Gresham College, de Warwick Lane, de Moorfield, de Scotland Yard, de Westminster Hall y de Guildhall, en suma, a todos los residentes y criados de cualquier clase, ya sea en la corte, la iglesia, el campamento, la ciudad o el campo, por su generosa y universal aceptación de este divino tratado. Acepto su aprobación y buena opinión con extrema gratitud y, hasta donde mi pobre capacidad me lo permita, tendré en cuenta todas las oportunidades de devolverles la atención.

También me alegro de que el destino me haya colocado en la bienaventurada época de la mutua felicidad de libreros y autores, de los que puedo afirmar sin error que hoy son los dos únicos partidos satisfechos en Inglaterra. Preguntad a un autor cómo le ha ido a su última obra; porque sí, ciertamente, él da gracias a su buena estrella, el público se ha mostrado muy favorable y él no tiene la menor razón para quejarse: y, sin embargo, vive Dios, la escribió en una semana, a trompicones, mientras pudo robar alguna hora a sus urgentes quehaceres; hay cien probabilidades contra una de que lo sigáis leyendo en el prefacio, al que os remitirá, y, para el resto, al librero. Como cliente, iréis a verlo y le haréis la misma pregunta: y él bendice a Dios porque la cosa va estupendamente; precisamente está imprimiendo la segunda edición y solo le quedan tres ejemplares en la tienda. Le regateáis el precio, y él: «Señor, no vamos a discutir», y con la esperanza de que le volváis a comprar, os lo deja a como os parezca razonable, y «envíeme a cuantos conocidos quiera; tratándose de usted, se lo dejaré a todos al mismo precio».

Ahora bien, no se ha considerado de manera suficiente la deuda que tiene el mundo con los accidentes y circunstancias que se dan en la mayoría de estos nobles escritos que, a cada hora, aparecen para su entretenimiento. Si no fuera por un día lluvioso, una velada de borracho, un ataque de melancolía, un tratamiento médico, un domingo soñoliento, una mala racha con los dados, una larga cuenta del sastre, la bolsa de un mendigo, un cabecilla faccioso, un sol ardiente, una dieta de estreñido, falta de libros y un justo desprecio del saber, si no fuera por esas situaciones, como digo, y algunas otras que sería demasiado largo enumerar (en particular, un prudente descuido en ingerir azufre), me temo que el número de autores y escritos disminuiría hasta un grado que sería triste contemplar. Para confirmar esta opinión, oigamos las palabras del famoso filósofo Troglodita: «Es verdad», dijo, «que algunos granos de locura nos son naturalmente anexos, como parte de la composición de la naturaleza humana; solamente se nos concede la elección de si preferimos llevarlos incrustados o repujados, y no necesitamos ir muy lejos para averiguar cómo suele decidirse esto si recordamos que con las facultades humanas sucede como con los licores, que los más ligeros siempre estarán arriba».

Hay en esta famosa isla de la Gran Bretaña cierto insignificante escritorzuelo, muy prolífico, cuya personalidad no puede ser completamente desconocida para el lector. Se dedica a un pernicioso tipo de escritos, llamados segundas partes, y generalmente pasa por ser el autor de las primeras. Nada me cuesta prever que tan pronto como suelte mi pluma este hábil manipulador me la habrá robado, y me tratará de manera tan inhumana como ya lo ha hecho con el doctor Blackmore, con Lestrange y con muchos otros a los que no nombraré aquí. Por esa razón, en busca de justicia y consuelo, me pongo en manos de ese gran reparador de entuertos y amante de la humanidad, el doctor Bentley, suplicándole que dedique la más moderna de las consideraciones a este enorme agravio; y si ocurriera que, por mis pecados, tuvieran que colocarme equivocadamente los arreos de un burro en la espalda en forma de segunda parte, que él me haga el favor, en presencia del mundo, de aligerarme de tal carga inmediatamente y de llevársela a su propia casa hasta que su verdadero dueño estime oportuno requerirla.

Mientras tanto, doy aquí público aviso de que he decidido circunscribir a este discurso el conjunto completo de materiales que he estado produciendo durante tantos años. Puesto que ya está abierta mi vena, me complace agotarla de una sola vez, en beneficio particular de mi querido país y en beneficio universal de la humanidad. Por lo tanto, considerando hospitalariamente el número de mis invitados, estos tendrán mi plena dedicación en una comida, y detesto guardar las sobras en la alacena. Lo que los invitados no puedan comerse podrá ser entregado a los pobres, y los perros, debajo de la mesa, podrán roer los huesos. Entiendo que este es un proceder más generoso que el de revolver el estómago de los comensales invitándoles otra vez mañana a una despreciable comida de sobras.

Si el lector considera honradamente la relevancia de lo que he expuesto en el capítulo anterior, estoy convencido de que causará una formidable revolución en sus ideas y opiniones; y estará notablemente mejor preparado para recibir y disfrutar de la parte final de este maravilloso tratado. Los lectores podrían dividirse en tres clases: los superficiales, los ignorantes y los cultos, y, con mucho acierto, yo he adecuado mi pluma al carácter y beneficio de cada uno. El lector superficial se sentirá extrañamente provocado a la risa, que limpia el pecho y los pulmones, es soberana frente a la melancolía y el más inocente de todos los diuréticos. El lector ignorante, cuya distinción con el anterior es extremadamente sutil, se encontrará propenso a mirar fijamente, lo cual es un admirable remedio para los ojos enfermos, sirve para levantar y fortalecer el ánimo y ayuda admirablemente a sudar. Pero el lector verdaderamente culto, en cuyo beneficio principalmente yo velo mientras otros duermen y duermo mientras otros velan, encontrará aquí materia suficiente en la que emplear sus especulaciones para el resto de su vida. Sería muy de desear, y yo lo propongo aquí humildemente como experimento, que cada príncipe de la cristiandad se lleve consigo a siete de los sabios más profundos de sus dominios y los encierre durante siete años en siete cámaras, con la orden de redactar siete extensos comentarios sobre este completo discurso. Me atrevería a afirmar que cualesquiera diferencias que puedan encontrarse en sus diversas conjeturas serán todas, sin la menor distorsión, manifiestamente deducibles a partir del texto. Mientras tanto, solicito fervientemente que se acometa una empresa tan provechosa, si place a sus majestades, con toda la celeridad posible, pues tengo un ardiente deseo de poder saborear, antes de que deje este mundo, una bendición que nosotros, los escritores misteriosos, rara vez podemos alcanzar hasta que llegamos a la tumba: ¿es la fama un fruto injertado en el cuerpo, que apenas puede crecer y menos aún madurar, hasta que la existencia esté enterrada, o es como un ave de presa, conducida entre otras a perseguir el olor de la carroña, o acaso entiende que su trompeta suena mejor y con más potencia cuando está sobre una tumba, por la ventaja de estar sobre una base más elevada y el eco de una cripta hueca?

Es cierto, de hecho, que la república de los autores oscuros, una vez que ha descubierto este excelente expediente de la muerte, se ha sentido especialmente feliz por la variedad y la extensión de su reputación, puesto que siendo la noche la madre universal de las cosas, los filósofos sabios sostienen que todos los escritos son fructíferos en la misma proporción en que son oscuros; y que, por lo tanto, los verdaderamente iluminados (es decir, los más oscuros de todos) se han encontrado con tan innumerables comentaristas, cuya condición de parteros escolásticos les ha permitido dar a luz significados que los mismos autores quizá nunca concibieron, aunque ello no obste que muy justamente se les pueda considerar padres legítimos de los mismos, pues las palabras de tales escritores son como semillas, que, aunque sembradas a voleo, cuando caen sobre terreno fértil se multiplican mucho más allá de las esperanzas y de la imaginación del sembrador.

Y, por lo tanto, para fomentar una obra tan útil, me permitiré aquí considerar unas cuantas observaciones que podrían servir de gran ayuda a esos sublimes ingenios que serán designados para elaborar un comentario universal sobre este maravilloso discurso. Y en primer lugar, he advertido un muy profundo misterio en el número de ceros multiplicado por siete y dividido entre nueve. Además, si un devoto hermano de la Rosacruz rezara fervoroso sesenta y tres mañanas, transido de fe, y luego traspusiera ciertas letras y sílabas, conforme a las prescripciones de la segunda y quinta sección, seguramente le revelarían una completa receta del opus magnum. Finalmente, quienquiera que se tome la molestia de calcular el número completo de veces que sale cada letra en este tratado y sume luego la diferencia exacta entre los distintos números, asignando la verdadera causa de tales diferencias, los hallazgos del resultado compensarán plenamente su trabajo. Pero entonces tendrá que tener cuidado con Bythus y Sigé, y estar seguro de no olvidarse de las cualidades de Achamoth, a cujus lacrymis humecta prodit substantia, a risu lucida, a tristitia solida, et a timore mobilis, en donde Eugenius Philalethes cometió un error imperdonable.

Sección XI. Cuento de un tonel

Después de haber vagado por tan ancho ámbito, vuelvo gustoso a retomar mi asunto, y de ahora en adelante seguiré con él con un paso regular hasta el fin de mi recorrido, excepto cuando aparezca un bello paisaje que yo pueda ver desde el camino; y aunque ahora no tengo ni aviso ni expectativas de que tal cosa se produzca, si ocurriera suplicaré el favor y la compañía de mi lector, y que me permita que lo lleve conmigo a lo largo de ese recorrido. Porque en el escribir ocurre como en los viajes: si un hombre tiene prisa por llegar a casa (lo que reconozco que no es mi caso, pues nunca tengo tan poco trabajo como cuando estoy en ella) y su caballo se cansa tras el largo cabalgar y los malos caminos, o porque es por naturaleza un rocín, le aconsejo que lo haga por el camino más corto y más transitado, por sucio que esté; pero seguramente luego tendremos que admitir que un hombre así sería cuando menos un compañero despreciable, puesto que se salpica de lodo, y salpica a sus acompañantes, a cada paso; y los pensamientos de todos, sus deseos y su conversación, se concentran exclusivamente en un asunto: el final de ese viaje; y cada vez que chapotean, se hunden o tropiezan se mandan cordialmente al diablo unos a otros.

Por el contrario, cuando un viajero y su caballo están en buenas condiciones, cuando su bolsa está llena y el día por delante, se pone en camino solo si el tiempo parece favorable; entretiene en él a su compañía del modo más agradable que puede y además, a la primera ocasión, los lleva con él a disfrutar de todo lo agradable a la vista, ya sea una obra de arte o de la naturaleza, o ambas cosas; o si se da el caso de que lo rechazan, por necedad o por cansancio, pues que se vayan por su cuenta y allá ellos, ya los alcanzará en la siguiente ciudad, y al llegar cabalgará con furia entre los hombres, mujeres y niños que saldrán a mirar, con cien chuchos ladrando ruidosamente detrás de él, y si distingue con un latigazo al más atrevido es más por deporte que por escarmentarlo, pero si alguno de ellos, más agresivo, se acerca demasiado, recibe un saludo en forma de coz en el hocico de los cascos del corcel, que no pierde terreno al darla y lo envía a su casa aullando y cojeando.

Y ahora procedo a resumir las singulares aventuras de mi famoso Juan, de cuyas circunstancias y andanzas se acuerda sin duda el atento lector cuando las dejamos al concluir una de las secciones anteriores. Así que su atención inmediata debe fijarse en sacar de dos de ellas el sistema de conceptos que mejor se adapte a su comprensión para el verdadero disfrute de lo que va a continuación.

Juan no solo había calculado el primer trastorno de su cerebro con tanta prudencia como para dar lugar a esa epidémica secta de los eolistas, sino que también, al dársele bien un nuevo y extraño género de ideas, la fertilidad de su imaginación lo llevó a abrigar ciertas nociones que, si bien eran en apariencia muy inexplicables, no carecían de misterio ni de significado, ni carecían tampoco de seguidores que las aprobaran y las mejoraran. Por lo tanto seré extremadamente cuidadoso y exacto al dar cuenta de los elementos materiales de esta naturaleza que he sido capaz de recopilar, recurriendo o bien a la tradición indudable o bien a la infatigable lectura, y los describiré tan gráficamente como sea posible y en la medida en que nociones de semejante altura y dimensión puedan estar al alcance de una pluma. No me cabe duda de que proporcionarán una buena cantidad de materia noble a aquellos cuya imaginación transformadora los predispone a reducir todas las cosas a tipos, a quienes pueden crear sombra sin la ayuda del sol y moldearlas en sustancias sin ayuda de la filosofía, y a aquellos cuyo peculiar talento reside en poner en letras los tropos y las alegorías, y lo literal refinarlo mediante imágenes y misterios.

Juan se había hecho con una copia auténtica del testamento de su padre, extendida sobre una amplia pieza de pergamino, y decidido a desempeñar el papel de hijo responsabilísimo, se convirtió en la criatura más entusiasta imaginable del documento. Pues aunque, como ya he contado con frecuencia al lector, este consistía en determinadas instrucciones sencillas y fáciles de cumplir sobre el modo de cuidar y vestir sus casacas, con disposiciones y castigos en caso de obediencia o descuido, sin embargo él comenzó a albergar una fantasía por la que dedujo que el asunto era más profundo y oscuro, y que por tanto tenía que existir mucho más misterio en su fondo. «Caballeros», dijo, «voy a demostrar que este trozo de pergamino es alimento, bebida y tela, es la piedra filosofal y es la panacea universal». Y como consecuencia de semejantes desvaríos, decidió hacer uso de él tanto en los casos de verdadera necesidad como en los trances más nimios de la vida. Conseguía darle la forma que más le convenía, de manera que lo mismo le servía de gorro de dormir al irse a la cama que de paraguas con tiempo lluvioso. Se podía envolver un pie dolorido con un trozo, o, si le daba un ataque, quemaba un par de pulgadas bajo su nariz; o, si algo le producía pesadez de estómago, raspaba la piel y del polvo desprendido tragaba una dosis como para cubrir un penique de plata: todos ellos eran remedios infalibles. En consonancia con estos refinamientos, su charla y su conversación habituales discurrían por completo por la literalidad de su testamento, circunscribiendo lo mejor de su elocuencia a ese guion, sin atreverse a dejar escapar ni una sílaba fuera de tal autoridad. En una ocasión, en una casa ajena, se vio de repente agobiado por una necesidad inaplazable, sobre la que no sería adecuado extenderse en pormenores, y al no ser capaz de recordar, con la prontitud que requiere el caso, una frase adecuada para preguntar el camino del retrete, prefirió, como solución más prudente, cometer la falta que suele acontecer en tales situaciones. Ni toda la retórica de la humanidad junta le pudo convencer de que volviera a limpiarse, pues tras consultar acerca de esa emergencia en el testamento, se encontró con un pasaje cerca del final (no se sabe si añadido por el copista) que parecía prohibirlo.

Adoptó para su religión la costumbre de no bendecir nunca la mesa, y nadie consiguió persuadirle de que, como vulgarmente se dice, comiera como Dios manda.

Mostraba un extraño apetito por las bocas de dragón y por las cenicientas emanaciones de una vela encendida, que solía atrapar y tragar con una facilidad difícil de imaginar. Y, mediante este procedimiento, mantenía una especie de llama permanentemente viva en su vientre, que soltaba, como un vapor resplandeciente, por ojos, nariz y boca, haciendo que en la oscuridad de la noche su cabeza pareciera la calavera de un asno, en la que un travieso muchacho pone una vela de a cuarto de penique para terror de los súbditos de su majestad. De manera que no utilizaba otro recurso para alumbrar su vuelta a casa; es más, solía decir que un hombre sabio es su propia linterna.

Cerraba los ojos cuando caminaba por las calles, y si ocurría que se daba con la cabeza contra un poste o que se caía al canalillo (y rara vez dejaba de sucederle una de las dos cosas), les decía a los burlones aprendices que lo miraban que él lo aceptaba con total resignación, como si se tratara de un tropezón o un golpe del destino, contra el que sabía, por larga experiencia, que era inútil luchar o pelearse, y cualquiera que intentara una u otra cosa podría estar seguro de salir tambaleándose y acabar por tierra o sangrando por la nariz. «Estaba ya escrito», decía entonces, «algunos días antes de la creación que mi nariz y este poste iban a colisionar, así que la naturaleza pensó que era adecuado enviarnos a los dos al mundo en la misma época, haciéndonos compatriotas y conciudadanos. Ahora bien, si yo hubiera ido con los ojos abiertos, es muy probable que el asunto habría salido bastante peor, pues ¿cuántos malditos resbalones sufre cada día el hombre con todas las precauciones que lo rodean? Además, los ojos del entendimiento ven mejor cuando los de los sentidos están apartados del camino, y por eso se ha observado que los ciegos miden sus pasos con mucho mayor cuidado, dirección y juicio que quienes prestan mucha mayor confianza a las virtudes del nervio visual, que puede estropearse con cualquier pequeño accidente, y al que una mota o una pizca de algo pueden perturbar completamente, como una linterna entre un grupo de matones rugientes cuando recorren las calles, que se expone, y expone a su portador, a las patadas y zarandeos que le lleguen y que ambos hubieran podido evitar si la vanidad de mostrarse les hubiera permitido caminar por la oscuridad. Por lo demás, si examinamos el rumbo de estas luces comprobaremos que resulta bastante peor que su fortuna. Es verdad que me he roto la nariz contra ese poste, porque la fortuna olvidó, o no creyó conveniente, darme un codazo para avisarme de que lo esquivara. Pero no animemos a los contemporáneos o a la posteridad a confiar sus narices al cuidado de los ojos, lo que puede resultar el mejor de los modos de perderlas para siempre. Así que, ¡oh, vosotros, los ojos! ¡Vosotros, ciegos guías! Miserables guardianes que sois de nuestras frágiles narices, vosotros, repito, que os aferráis al primer precipicio a la vista y luego arrastráis a nuestros desdichados y voluntariosos cuerpos tras vosotros hasta el borde de la destrucción; pero, ¡ay!, ese borde está podrido, nuestros pies resbalan, y nos precipitamos de cabeza en la sima sin un acogedor matorral por el camino que mitigue la caída; una caída que ninguna nariz de mortal puede aguantar, excepto la del gigante Laurcalco, que fue señor del Puente de Plata. Acertadamente, por tanto, ¡oh, ojos!, y con toda justicia, se os puede comparar con esos fuegos fatuos que conducen a los hombres por entre el lodo y la oscuridad hasta que caen en un hoyo profundo o en un fétido cenagal».

Esto lo expongo como modelo de la gran elocuencia de Juan, y de la fuerza de su razonamiento sobre materias tan abstrusas.

Era una persona, además, de grandes propósitos y afán de perfección en asuntos de devoción, y había introducido una nueva deidad, adorada desde entonces por gran número de seguidores, llamada por algunos Babel, por otros Caos, y que tenía un antiguo templo de estructura gótica en la llanura de Salisbury, famoso por su santuario y por la devoción de sus peregrinos.

Cuando se le ocurría alguna travesura, se ponía de rodillas, levantaba los ojos al cielo y se entregaba a la oración, aunque fuera en medio del arroyo. Entonces sucedía que los que conocían sus chanzas se aseguraban de ponerse lo más lejos posible de su camino, y si la curiosidad atraía a los forasteros a reírse o a escucharlo, él, de repente, sacaba el aparato con una mano y les orinaba de lleno en los ojos, y con la otra les salpicaba de barro.

En invierno iba siempre con ropa suelta y desabotonada, y tan fina como le era posible, para que le penetrara el calor ambiental, y en verano se envolvía bien con ropa gruesa para impedir que entrara.

En todos los cambios de gobierno solicitaba el cargo de verdugo general, y en el desempeño de esa dignidad, en la que era muy diestro, la única máscara que utilizaba era una larga oración.

Tenía una lengua tan musculada y hábil que podía retorcerla dentro de su nariz y emitir desde allí un extraño tipo de habla. Fue también el primero en estos reinos que se puso a perfeccionar el arte español del rebuzno, y como tenía grandes orejas, siempre expuestas y erectas, llevó su arte a tal perfección que era cosa de gran dificultad distinguir, por la vista o por el oído, entre el original y la imitación.

Sufría de una dolencia que podría ser la opuesta a la llamada «picadura de la tarántula» y que le hacía escapar como perro rabioso si oía música, especialmente si se trataba de un par de gaitas. Pero se volvía a curar dándose dos o tres vueltas por Westminster Hall, por Billingsgate, por un internado, o por la Bolsa, o por un café oficial.

Era una persona que no temía a ningún color pero que odiaba mortalmente a todos y que, a cuenta de ello, demostraba una cruel aversión hacia los pintores, hasta el punto de que, en su paroxismo, cuando iba por la calle solía llevar los bolsillos cargados de piedras para arrojarlas contra los rótulos.

Al tener, dada su manera de vivir, frecuente ocasión de lavarse, se lanzaba a menudo de cabeza al agua, aunque fuera en pleno invierno, pero siempre se le veía salir mucho más sucio, si cabe, que al entrar.

Fue el primero en descubrir la fórmula secreta para producir un medicamento soporífero que se podía llevar en los oídos; era un compuesto de azufre y bálsamo de Galaad, con un poco de ungüento de peregrino.

Llevaba puesto un gran emplasto de cáusticos artificiales sobre el estómago, con cuyo ardor se convertía en la personificación del gemido, como el de la famosa tabla al aplicársele un hierro al rojo vivo.

Solía colocarse en la esquina de una calle y, dirigiéndose a los que pasaban ante él, le decía a uno: «Respetable señor, hágame el honor de darme un buen tortazo en los morros». Y a otro: «Buen amigo, hágame el favor de darme una hermosa patada en el culo». O también: «Señora, ¿podría suplicaros que las bellas manos de su señoría me dieran una bofetadita en la oreja?». O: «Noble capitán, por el amor de Dios, deme un buen trancazo con ese bastón en mis miserables costillas». Y cuando, mediante tan encarecidas solicitudes, había conseguido procurarse una paliza suficiente para hincharle tanto la fantasía como los lomos, volvía a casa sumamente reconfortado y en abundante posesión de tremendos relatos sobre lo que había padecido en aras del bien común. «Observad este moretón», decía, mostrando sus hombros desnudos, «un desagradable jenízaro me lo hizo esta misma mañana, a las siete, cuando, con grandes esfuerzos, estaba yo ahuyentando al Gran Turco. Vecinos, atentos, esta cabeza rota merece un emplasto; si el pobre Juan hubiera sido menos duro de mollera, a estas horas del día ya habríais visto al papa y al rey de Francia entre vuestras mujeres y vuestros almacenes. Queridos cristianos, el Gran Mogol había llegado ya hasta Whitechapel, y podéis dar gracias a estas pobres costillas que no se haya tragado (Dios nos bendiga) a hombres, mujeres y niños».

Eran muy dignos de observarse los singulares efectos de esa aversión o antipatía que Juan y su hermano Pedro parecían profesarse mutuamente, incluso hasta la afectación. Pedro había cometido últimamente algunas truhanerías que lo habían obligado a escabullirse, y apenas se atrevía a moverse antes de que anocheciera, por miedo a los alguaciles. Sus alojamientos se encontraban en los dos puntos más distantes entre sí de la ciudad, y cada vez que la oportunidad o el humor les hacían salir de casa, escogían las horas más extrañas e improbables y los recorridos más incómodos imaginables que podían, para estar así seguros de no encontrarse; pero, a pesar de todo, la caprichosa fortuna siempre hacía que se encontraran. La razón de ello es bien fácil de encontrar, pues, al tener los delirios y las melancolías de ambos el mismo motivo, podríamos considerarles como un par de compases igualmente abiertos y con la punta fija de cada uno inmóvil en el mismo centro y que, a pesar de moverse primero en sentidos contrarios, con toda seguridad se encontrarán en algún punto de la circunferencia. Además, una de las desgracias de Juan consistía en tener un gran parecido personal con su hermano Pedro. Su humor y su carácter no solo eran los mismos, sino que además se daba una notable analogía en su constitución, su talla y su aspecto. Hasta el punto de que nada era tan frecuente para un alguacil que agarrar a Juan por los hombros y gritar: «Señor Pedro, sois prisionero del rey». O, en otras ocasiones, que uno de los más íntimos amigos de Pedro abordara con los brazos abiertos a Juan: «Querido Pedro, qué alegría verte, te ruego que me envíes tu mejor medicina para las lombrices». Imaginamos que esto suponía una mortificante recompensa por todos los esfuerzos y actuaciones en las que durante tiempo se afanó Juan. Y al comprobar lo adversa que había sido, en todos sus empeños, la respuesta a los fines e intenciones que se había propuesto, ¿cómo podía evitar sus terribles efectos sobre una cabeza y un corazón tan dotados como los suyos? Fueron sin embargo los pobres andrajos de su casaca los que cargaron con todo el castigo. El sol naciente nunca comenzó su trayecto diurno sin olvidarse de una parte de ella. Le encargó a un sastre que le hiciera un arreglo en el cuello, que le quedó tan prieto que casi lo asfixiaba y le exprimía tanto los ojos que no se le veía más que el blanco. Lo poco que quedaba de la primitiva tela de la casaca lo frotaba cada día durante dos horas contra una pared rugosa para quitarle los restos de encajes y bordados, pero al mismo tiempo se producía con tanta violencia que siguió siendo un filósofo salvaje. Pero, a pesar de todo lo que hacía por ese estilo, sus expectativas de éxito seguían defraudadas, pues del mismo modo que está en la naturaleza de los harapos ofrecer una especie de simulada semejanza con las galas, al darse en ambas como un aleteo en sus apariencias que no se distingue a distancia, en la oscuridad o por ojos miopes, así sucedía, en estos trances, con Juan y sus harapos, que a primera vista ofrecían una ridícula ostentación, la cual, al reforzar el parecido personal y de porte, frustraba todos sus proyectos de separación y establecía un parecido tan estrecho entre ellos como frecuente era la confusión que causaban a los discípulos y seguidores de ambos.

Desunt nonnulla

El viejo proverbio eslavo bien decía que pasa con los hombres como con los asnos: quien quiera tenerlos bien sujetos encontrará un buen asidero en sus orejas. Pero creo que podemos afirmar que se ha comprobado en repetidas ocasiones que

Effugiet tamen haec sceleratus vincula Proteus.

Es bueno, por tanto, leer las máximas de nuestros antepasados, aunque teniendo muy en cuenta las épocas y las personas; pues si estudiamos los documentos primitivos comprobaremos que no ha habido revoluciones tan grandes ni tan frecuentes como las de las orejas humanas. En otros tiempos existió un curioso invento para agarrarlas y retenerlas, que creo que pudiéramos con justicia incluir entre las artes perditae. ¿Y cómo podría ser de otro modo, cuando en los últimos siglos la especie misma no solo se ha visto disminuida hasta un grado lamentable, sino que sus pobres restos han degenerado hasta el punto de ser una burla para nuestra más diestra ocupación? Pues si el simple hecho de hendir la oreja de un ciervo fue suficiente para propagar la marca por todo un bosque, ¿por qué debieran extrañarnos las tremendas consecuencias de las muchas podas y mutilaciones a las que han sido sometidas en tiempos recientes las orejas de nuestros padres, así como las propias? Es un hecho cierto que mientras esta isla nuestra estuvo bajo el imperio de la gracia se hicieron muchos intentos para mejorar el crecimiento de las orejas entre nosotros. Las proporciones de su tamaño no solo eran consideradas como un ornamento del exterior del hombre sino una muestra de su gracia interior. Por otra parte, como sostienen los naturalistas, si se da una protuberancia en algunas partes pertenecientes a la región superior del cuerpo, como las orejas o la nariz, tiene que darse también su correspondencia en la región inferior y, por lo tanto, en aquella época ciertamente tan piadosa, los hombres que hubiera en cualquier asamblea, según como estuvieran dotados, se mostraban muy dispuestos a exhibir sus orejas, así como las zonas adyacentes. Y ya Hipócrates nos dice que cuando se produce un corte en la vena que hay detrás de la oreja el hombre se convierte en eunuco, así que las mujeres no les iban en absoluto a la zaga en cuanto a contemplarlas y sentirse edificadas por ellas, y por eso, aquellas que ya habían puesto los medios las miraban con gran interés, con la esperanza de poder concebir una adecuada descendencia gracias a aquella perspectiva; otras, en tanto que candidatas a la benevolencia, hallaban allí abundante surtido donde elegir, y seguro que se fijaban en quienes tenían las orejas más grandes, para que la estirpe no menguara con su concurso. Por último, las hermanas más devotas, que tomaban todas las dilataciones extraordinarias de ese miembro por hinchazones de celo o excrecencias espirituales, rendían honores a todas las cabezas en las que estas aparecían como si se tratara de señales de la gracia, pero especialmente a la del predicador, cuyas orejas eran habitualmente de primera magnitud, a cuenta de lo cual las podía exhibir con frecuencia y precisión ante el pueblo de la manera más ventajosa: en sus arrebatos retóricos exponía unas veces una y otras veces otra, de cuya costumbre se deriva el término exposición, con el que se conoce hasta hoy el arte de predicar entre los que lo profesan.

Tales fueron los progresos que hicieron los devotos para desarrollar ese órgano, y se cree que el éxito los habría acompañado en todos sus aspectos si en el transcurso del tiempo no hubiera aparecido un rey cruel, el cual emprendió una sanguinaria persecución contra todas las orejas que superasen determinadas medidas, lo que provocó que algunos se alegraran de poder ocultar sus florecientes brotes con una cenefa negra, que otros las deslizaran por completo bajo una peluca; unas fueron hendidas, otras recortadas, y gran cantidad de ellas rebanadas por completo. Pero sobre más de esto ya se tratará en adelante, en mi Historia general de las orejas, que tengo intención de poner muy pronto a disposición del público.

Con esta breve reseña sobre la decadencia de las orejas en los últimos tiempos, y la escasa atención prestada al fomento de su antiguo desarrollo en el presente, se pone de manifiesto lo débiles que pueden ser nuestras razones para fiarnos de un asidero tan corto, tan débil y tan resbaladizo, y que quien desee tener a la humanidad bien sujeta tendrá que recurrir a otros métodos. Ahora bien, aquel que contemple a la naturaleza humana con la suficiente prudencia podrá descubrir varios asideros, de los cuales les corresponden a los seis sentidos uno a cada uno, además de la gran cantidad de ellos que están atornillados a las pasiones y de unos pocos clavados al intelecto. De estos últimos, uno es la curiosidad, que es el que tiene la mayor firmeza de todos; la curiosidad, esa espuela en los ijares, esa brida en la boca, ese anillo en la nariz de un lector perezoso, impaciente y gruñón. Mediante este asidero es como un autor debe apoderarse de sus lectores, pues tan pronto como los tiene atrapados toda resistencia y lucha serán vanas, y ellos pasarán a ser sus prisioneros, tanto como se le antoje, hasta que el cansancio o la monotonía lo obliguen a soltar su presa.

Y por lo tanto, yo, el autor de este maravilloso tratado, habiendo mantenido hasta ahora, más allá de toda expectativa, mediante el mencionado asidero, una firme sujeción de mis gentiles lectores, me veo al fin obligado, muy a mi pesar, a aflojar mi presa, y a dejarlos, durante la atenta lectura de lo que queda, sumidos en esa natural somnolencia inherente a su tribu. Solo puedo asegurarte, cortés lector, para consuelo de ambos, que mi preocupación es en todo igual a la tuya por la desgracia de haber perdido, o extraviado entre mis papeles, la parte que falta de estas memorias, que consistía en accidentes, sucedidos y aventuras, al tiempo nuevas, amenas y sorprendentes, y por tanto previstas para agradar debidamente al delicado gusto de esta época nuestra, tan noble. Pero, ay, pese a mis grandes esfuerzos, solo he sido capaz de retener unos pocos epígrafes, bajo los cuales se daba buena cuenta de cómo Pedro obtuvo el amparo de los tribunales del rey, así como de una reconciliación entre él y Juan, a raíz del plan que urdieron, en cierta noche de lluvia, de hacer encerrar a su hermano Martín en una cárcel de deudores y allí despojarle de todo; de cómo Martín, con mucho jaleo, les enseñó a ambos un buen par de talones; cómo tuvo lugar una nueva orden contra Pedro, a raíz de la cual Juan lo dejó en la estacada, le robó su carta de amparo y la utilizó en su propio favor; cómo los harapos de Juan se pusieron de moda en la corte y la ciudad; cómo montaba un hermoso caballo y comía natillas. Pero los pormenores de todo esto, junto a otros más que ahora se han escapado de mi memoria, se han perdido sin esperanza de poder recobrarlos. Ante tal desgracia, y dejando a mis lectores compadeciéndose mutuamente, en la medida en que lo vean compatible con sus diversos temperamentos, pero instándoles, en nombre de la amistad que ha fluido entre nosotros desde la portada de la obra hasta esta página, a que no sigan adelante, no vaya a ser que su salud sufra algún accidente irreparable. Y ahora procedo a cumplir con la parte ceremonial de un escritor consumado, o sea de uno a la vez moderno y cortés, y que sería la última en ser omitida.

Conclusión

El excesivo retraso es una causa de aborto tan efectiva, aunque no tan frecuente, como el excesivo adelanto, y sigue siendo verdad de manera especial en lo que respecta a los trabajos del cerebro. Bendito sea aquel noble jesuita que fue el primero en atreverse a reconocer en letra impresa que los libros deben adecuarse a las distintas estaciones, como la vestimenta, la alimentación y las diversiones. Y más bendita sea nuestra noble nación por haber mejorado ese concepto, que, entre otras modas, vino de Francia. Vivo deprisa, para ver cómo el día en que un libro que sale fuera de tiempo pasa inadvertido, como la luna por el día o como la caballa una semana después de temporada. No ha habido hombre que haya tenido en cuenta con tanto cuidado el clima como el editor que me compró el manuscrito de esta obra; él sabe con todo detalle qué temas van a venderse mejor en un año seco y cuál es el propicio para hacerlo destacar cuando el barómetro señala que va a llover en abundancia. Cuando hubo visto este tratado, y consultado debidamente su almanaque, me hizo saber que había considerado seriamente los dos elementos principales, que eran las dimensiones y el asunto de la obra, llegando a la conclusión de que nunca tendría aceptación excepto después de un largo plazo de descanso y solamente en caso de coincidir con un mal año de nabos. Entonces quise saber, considerando mis urgentes necesidades, qué podría, según él, ser aceptable este mes. Miró hacia el oeste y dijo: «No sé si vamos a tener una ola de mal tiempo, pero si pudierais preparar alguna cosita divertida (pero no en verso) o un breve tratado sobre [...], correría como un reguero de pólvora. Pero si sigue haciendo bueno, tengo ya apalabrado a un autor para que escriba algo contra el doctor Bentley, lo que estoy seguro que merecerá la pena».

Al final nos pusimos de acuerdo del modo siguiente: que cuando se presente un cliente interesado en uno de estos y pida confidencialmente saber quién es el autor, le dirá, en privado y como amigo, el nombre de alguien ocurrente que estuviera de moda esa semana, y si estuviese en cartel la última obra de Durfey yo creo que podría ser esa la persona, tanto como Congreve. Digo esto porque estoy muy familiarizado con el gusto actual de los corteses lectores, y con frecuencia he observado con especial placer que una mosca espantada de un tarro de miel para terminar su comida se irá a posar inmediatamente, con muy buen apetito, sobre un excremento.

Tengo que añadir una palabra a propósito de los escritores profundos, que últimamente abundan mucho, y sé muy bien que el juicioso público está dispuesto a incluirme entre ellos. Por ello tengo que decir, en cuanto al asunto de ser profundo, que pasa con los escritores como con los pozos: que una persona con buena vista puede llegar a ver hasta lo más profundo de su fondo, siempre que haya agua en él, y que a menudo, cuando no hay nada en absoluto en el fondo aparte de sequedad y barro, y aunque su profundidad sea solo de yarda y media, pasará no obstante por ser sumamente profundo, sin otra razón más sustancial que la de ser sumamente oscuro.

Y ahora voy a intentar un experimento muy frecuente entre los autores modernos, que es el de escribir sobre nada. Cuando el tema de la obra está agotado, hay que dejar que la pluma se siga moviendo: lo que algunos llaman el fantasma del ingenio, que se deleita en seguir caminando cuando su cuerpo ha muerto. Y a decir verdad, parece no haber parcela del conocimiento peor repartida que la de discernir cuándo se ha terminado algo. Para cuando un autor ha acabado de escribir su libro él y sus lectores se han convertido en viejos conocidos y muy reacios a separarse. Así que yo he experimentado a veces al escribir lo mismo que al estar de visita, donde la ceremonia de despedirse lleva más tiempo que todas las conversaciones que la preceden. La conclusión de un tratado se asemeja a la conclusión de la vida humana, que a veces ha sido comparada con el final de un banquete, donde son pocos los contentos en dejarlo, ut plenus vitae conviva; pues los hombres seguirán sentados después de transcurrida la comida más abundante, aunque solo sea para echar una cabezada o dormir fuera de casa el resto del día. Pero en esto último discrepo completamente de otros escritores y estaría muy orgulloso si, gracias a mis esfuerzos, puedo haber contribuido de algún modo a la tranquilidad de la humanidad en tiempos tan turbulentos y agitados como estos. Ni creo tampoco que tal ocupación sea tan ajena al quehacer de un hombre de ingenio como algunos supondrían, pues en una nación tan cultivada como Grecia, había tantos templos construidos y consagrados al Sueño como a las Musas, ya que ellos creían que entre las dos deidades se había establecido la más estrecha de las amistades.

Tengo que pedir un último favor al lector: que no espere que vaya a divertirle y a informarle de igual modo cada línea o cada página de este discurso, sino que conceda cierta tolerancia a la melancolía y las breves rachas o intervalos de pesadez del autor, así como a los propios. Y que se pregunte en conciencia si le parecería justo que caminando por la calle con muy mal tiempo o en un día de lluvia hubiera gentes cómodamente a resguardo tras sus ventanas que en ese trance criticaran sus andares y ridiculizaran su vestimenta.

En mi disposición de ocupaciones del cerebro he pensado que la inventiva sea la que mande, y dar a la razón y al método el papel de lacayos suyos. La razón de tal distribución se debe a haber observado que, en mi caso particular, tenía a menudo la tentación de ser ingenioso en las ocasiones en las que no podía ser ni docto ni sensato ni ninguna otra cosa sobre el asunto en cuestión. Y me debo demasiado a lo moderno como para despreciar oportunidades semejantes, por muchas penurias e incorrecciones que me cueste aprovecharlas. Pues tengo observado que, tras haber recopilado laboriosamente setecientos treinta y ocho dichos y frases brillantes de los mejores autores modernos, condensados tras atenta lectura en mi cuaderno de anotaciones, después de cinco años no he sido capaz, ni siquiera forzando, de utilizar más de una docena en una conversación corriente. Y de esa docena la mitad no tuvo éxito, por haberse empleado entre gente incapaz de apreciarla, y la otra mitad me costó tantos esfuerzos, trampas y circunloquios poderla introducir que al final decidí dejarlo. Ahora bien, esta desilusión (y revelo un secreto) tengo que reconocer que fue lo primero que me predispuso a ser un autor, y desde entonces he averiguado, junto a ciertos amigos míos, que eso se ha convertido en un caso muy generalizado y que ha producido los mismos efectos en muchos otros. Pues también tengo observado que más de una expresión afortunada, que había sido admitida con fluidez y hasta con cierta consideración y estima, tras su promoción y sanción por la imprenta, ha sido luego completamente desatendida o despreciada en la conversación. Pero ahora que, por la libertad y el estímulo que proporciona la imprenta, soy dueño absoluto de las situaciones y oportunidades de exhibir las cualidades que he adquirido, ya he descubierto que las salidas de mi inventario de observaciones empiezan a ser mucho más grandes que las entradas. Por lo tanto, me detendré aquí algún tiempo, hasta que averigüe, tomándole el pulso a la gente y a mí mismo, si es de absoluta necesidad para ambos que yo vuelva a empuñar la pluma.